L'Affaire Jennifer Leight

Luc Deborde
Nicolas Kurtovitch

L'Affaire
Jennifer Leight

Chapitre un

Il était vingt et une heures quand j'ai franchi la passerelle du ferry. La plupart des gens avaient depuis longtemps regagné leur maison ou leur appartement, et j'étais seul sur le pont supérieur. Je suis resté un bon moment accoudé à la balustrade que l'air humide rendait froide et collante, à regarder les gerbes fluorescentes qui jaillissaient sous l'étrave.

J'étais légèrement nauséeux. Un parfum mélangé de sel, de fuel et de crasse urbaine m'irritait la gorge et l'estomac. Lorsque le navire est arrivé au milieu de la baie de Sydney, j'ai respiré l'air du large avec soulagement et j'ai levé le nez pour admirer les constellations que les lumières lointaines des rives laissaient enfin émerger. Du coin de l'œil, j'ai quand même repéré la silhouette en pardessus qui grimpait l'échelle du pont en titubant.

Le gars soufflait fort et prenait son temps pour viser les marches. J'ai pensé qu'il avait trop bu. À la fin de son ascension, il s'est reposé sur le bastingage à deux mètres de moi, calquant inconsciemment sa posture sur la mienne. C'est une manie de citadin : on s'observe et on s'imite les uns les autres sans y penser, comme des moutons.

Mais les moutons attirent les prédateurs. Sous nos latitudes, les plus redoutables sont les *dingos*, des chiens qui ont redécouvert l'instinct du loup à force d'errer pendant plusieurs générations dans le désert. Tenaillés par la faim, ils en sortent parfois, traversent l'autoroute et s'infiltrent incognito dans l'ombre de la ville. Quand ils prennent forme humaine, plus rien ne les arrête.

La silhouette de l'ivrogne est restée longtemps à mes côtés. J'ai continué à regarder le ciel, mais je sentais que quelque chose ne tournait pas rond dans son attitude. Lorsqu'il s'est détaché de la rambarde pour faire mine de s'écrouler sur mon épaule, j'étais prêt. Sa tête m'a heurté le torse, dégageant une agréable odeur de cheveux propres, et sa main s'est engouffrée comme par accident dans la poche de ma veste. J'ai attrapé son poignet avec un grognement victorieux quand il a tenté d'en extraire mon portefeuille.

J'étais sur le point de lui balancer une réplique bien sentie, du genre « pas de ça avec moi, mon bonhomme », mais je n'en ai pas eu le temps. Il s'est tendu comme un arc, a brusquement tourné sur lui-même et m'a envoyé son coude gauche en pleine mâchoire.

Pendant que je titubais, le traître en a profité pour se pendre à ma queue de cheval et me frapper l'arrière des genoux. J'ai basculé et je suis tombé comme un arbre qu'on vient d'abattre, ma tête heurtant le pont à l'arrivée. D'un seul coup, les étoiles se sont décrochées du ciel.

Une forme était penchée sur moi quand j'ai retrouvé mes esprits. Par réflexe, j'ai dégainé mon quarante-cinq et je l'ai mise en joue.

— Tout doux, Niazz, m'a dit l'homme qui me surplombait. Je veux juste t'aider à te relever.

C'était une voix que je connaissais.

— Burnett ? Qu'est-ce que tu fous là ?

— J'étais en filature. Je surveillais la fille qui vient de te tamponner le museau.

— La fille ? C'était une fille ?

— Une gamine à peine majeure. Pour ta défense, je dois admettre qu'elle a de sacrés réflexes. Elle ne t'a laissé aucune chance.

J'ai rengainé le pistolet, récupéré mon chapeau et saisi la main que Burnett me tendait afin de me relever.

— T'as pris du poids depuis la dernière fois, a-t-il dit.

— Seulement du ventre. Le reste, ça va.

J'ai palpé ma poche. Elle était vide. Voyant mon geste, Burnett m'a tendu mon portefeuille.

— Tiens. Elle l'a jeté avant de s'enfuir. Je crois qu'elle t'a piqué ta monnaie, mais tes papiers sont encore là.

— Avant de s'enfuir ?

— Par-dessus bord. Elle a sauté. T'en fais pas pour elle, c'est une sportive. Elle est capable de regagner la rive avant que le ferry n'y aborde. Je finirai bien par la retrouver.

— Pourquoi tu la files ?

— Son père m'a demandé de la surveiller. Elle est cleptomane. Rien de grave. Il faut bien que jeunesse se passe.

— J'ai passé la mienne sans assommer les gens.

— Chacun son truc.

Mon pouls était en train de redescendre. L'adrénaline qui m'avait submergé s'évacuait progressivement.

Le ferry s'approchait du quai. Nous avons regagné le pont inférieur.

Sous les lumières blafardes qui l'éclairaient, j'ai constaté que Burnett n'avait rien perdu de sa superbe depuis la dernière fois que je l'avais vu. Des yeux clairs, un sourire de porcelaine et sous sa veste entrouverte, un tee-shirt qui moulait des pectoraux grand format et des abdos taillés en tablettes. Ce salaud avait tout ce qu'il fallait pour reprendre le rôle de James Bond.

Nous avons franchi le portillon du quai en compagnie des rares passagers qui nous avaient accompagnés.

— Merci pour ton aide, ai-je dit à Burnett. Je suis content de te revoir après tout ce temps.

— Moi aussi.

— Je suis vraiment désolé pour ce qui est arrivé, tu sais ? Tu faisais du bon boulot.

— T'en fais pas pour ça. J'ai bien vu que t'avais pas le choix.

Il a rentré les mains dans les poches de son blouson et s'est éloigné d'un pas rapide. Je suis resté planté sur le trottoir, le regardant disparaître.

J'ai pensé qu'un café lui ouvrirait toutes grandes ses portes et, certainement, il s'y engouffrerait à la recherche d'un peu de compagnie. Je n'avais même pas eu le réflexe de lui offrir un verre.

J'ai ajusté mon chapeau et je suis parti dans la direction opposée.

Marcher dans la ville entretenait en moi l'illusion que quelque chose pouvait arriver. Qu'on viendrait à ma rencontre, qu'on m'offrirait une promenade, une invitation à un match de basket-ball ou à une partie de billard.

J'habitais loin et il me fallait des forces. Il me fallait retrouver l'envie de rentrer dans cet appartement, retrouver le courage d'affronter une nouvelle nuit de solitude puis une autre journée.

Le bar de Wilfrid était ouvert. J'y suis entré.

Ici, il n'y avait jamais eu de piano, il n'y avait jamais eu de serveur ni de serveuse, seulement Wilfrid qui officiait derrière le zinc. On pouvait s'installer au comptoir ou choisir une table ; cela ne changeait rien, ni au prix ni à l'ambiance.

— Salut, Niazz ! Tu t'es mis du rouge à lèvres ?

— C'est du sang, Wilfrid. Je me suis fait tabasser sur le ferry. Une équipe de rugby néo-zélandaise. Tu sais à quel point ces gars-là sont costauds ! Ça m'a pris un temps fou pour les assommer un par un. Alors, dans la mêlée, il y en a un qui a réussi à me cogner avant que je ne lui règle son compte. C'était vers la fin, je commençais à me fatiguer et…

— Eh, Niazz, il est presque onze heures.

— Quand je serai soûl, tu me ramèneras chez moi, d'accord ?

— Ça n'arrivera pas, mon vieux. On est lundi, je vais fermer.

— Wilfrid, pourquoi ne m'emmènes-tu pas quelque part ? On pourrait aller jusqu'en haut de William Street et redescendre par Rushcutters Bay ?

— À chaque fois que tu me le demandes, je te fais la même réponse : j'ai quelqu'un qui m'attend à la maison !

— Quelqu'un qui t'attend…

Le whisky n'est pas parvenu à dissoudre la boule coincée dans ma gorge. Je suis sorti quand même, puisqu'il le fallait.

J'ai marché, marché, sans réussir à me perdre. Je cherchais des airs à fredonner, mais ça ne venait pas. J'ai compté mes pas jusqu'à ce que la combine me ramène devant mon appartement. Personne n'avait forcé la porte. Dans ce quartier, ça n'arrivait même pas aux banques.

J'ai attrapé ma trompette et je l'ai serrée contre moi. Son métal froid m'a meurtri les côtes.

Pour moi, la musique était la clé de tout. J'avais toujours eu beaucoup de difficultés avec la discipline, mais s'il y avait une chose à laquelle je ne dérogeais pas, c'était le travail auquel je m'astreignais chaque jour avec mon instrument. Ça faisait six ans que ça meublait mes insomnies.

Au début, j'avais eu un mal fou à comprendre comment sortir douze notes avec trois pistons. Mon erreur était qu'il n'y avait rien à comprendre. La trompette, ça se joue avec le cœur. Pas besoin de calculer, il fallait seulement sentir, désirer et faire corps avec l'instrument.

Mon vague à l'âme m'a inspiré de beaux trilles. Il m'a semblé que j'avais un peu progressé, un sentiment rare au bout de tant d'années de travail. Je me suis couché quand mes doigts sont devenus douloureux.

Chapitre deux

Je me réveille à sept heures. Je sors et remonte New Beach Road à pied. La rue est vide. Il fait beau pourtant. Le fond de l'air est net, comme s'il venait juste de pleuvoir. Le ciel bleu est très haut, sans nuages. Dans quelques heures, quand tout le monde aura gagné sa petite place dans la cité, il sera descendu, et moi avec. Mettons ça sur le dos de l'attraction terrestre.

Je ne me lasse pas de parcourir ces rues. Même si j'ai un paquet d'erreurs à mon actif, je ne voudrais pas les avoir commises ailleurs qu'ici. Certains de mes copains de collège rêvaient de découvrir le vaste monde ou l'air aride du *bush*. Très peu pour moi. Cette ville m'enveloppe et me rassure.

Au premier carrefour, j'attaque Bayswater Road d'un pas alerte. La voie monte et elle est assez longue, autant prendre tout ça d'un bon pied. Je suis sorti le ventre vide. Arrivé au sommet, j'entre dans le snack-bar de la fontaine.

— Oh, le Grec, tu es là ?

Madame est à la caisse, c'est elle qui me répond. On travaille en famille dans la société grecque. Le patron est plutôt là pendant la nuit, avec les neveux. En journée, sa femme tient le comptoir avec les cousins. Cousins et neveux tout juste arrivés du pays. Pendant ce temps, les fils et les filles se préparent une parfaite éducation au collège ou au cours de comptabilité.

— Vous êtes bien joyeux, Monsieur Saric !

— Je ne m'en suis pas aperçu en me levant ce matin, mais si vous le dites, alors…

— Faim ou soif ?

— Les deux, merci.

Elle m'apporte de quoi me remplir l'estomac, accompagné d'un litre de café.

Je sors de là un peu avant huit heures. Un taxi jaune passe, je le réquisitionne. Il me lâche au coin de Castlereagh et de King Street. Encore cinq minutes de balade à pied et je suis dans Bligh Street. Je pousse la porte de l'immeuble où je passe mes journées, au deuxième étage-droite. À côté de cette porte magnifique, tout en chêne du Victoria, une plaque en cuivre éclaire les visiteurs : « COOPER & SON *Detectives* ». Ce que la plaque ne dit pas, mais qu'on peut lire sur l'entrée des bureaux, est censé convaincre les clients indécis : « Rapidité, discrétion, efficacité ». Pour le prix, on voit au cas par cas.

Moi, Niazz Saric, je suis détective chez Cooper & Son. À vrai dire, je suis Cooper & Son tout entier. Le « *son* » qui devait hériter de l'affaire à la mort du fondateur n'a jamais existé. Le Vieux m'a couché sur son testament à mon insu. À son décès, en l'absence de parent connu, le legs n'a pas posé de problème. Pour lui rendre hommage, je me suis juré d'être le fidèle exécuteur de sa volonté en matière de rapidité, discrétion et efficacité.

Ça ne m'a pas empêché de transformer cette affaire florissante en une boîte quasiment moribonde, un an à peine après avoir repris le flambeau.

Rien ne m'avait préparé à ce boulot. En sortant du collège, je voulais devenir ethnologue. Ma première année d'université avait filé à toute vitesse. J'adorais ce que je faisais. Mais quand mon père est mort, je me suis retrouvé à sec.

Un matin, alors que je traversais Bligh Street, mon œil s'est attardé sur la belle plaque de cuivre de Cooper & Son. Juste au-dessus figurait un petit carton couvert d'une écriture manuscrite élégante : « Recherchons jeune homme dynamique, intelligent et patient. »

Je ne pensais pas avoir les qualités requises, mais je n'avais rien à perdre et j'ai tenté le coup. Le Vieux m'a eu à la bonne et m'a engagé sur-le-champ.

Cooper s'occupait des affaires de divorce, des enfants fugueurs et des héritiers introuvables. Rien de très dangereux. La maison avait bonne réputation et la clientèle ne lésinait pas sur le paiement des notes de frais ni sur les « cadeaux » en cas de réussite.

J'ai vite compris que les vertus premières du bon détective sont le silence, la discrétion et la patience. Surtout la patience. Il fallait savoir transformer une voiture en palace avec baignoire et salle à manger, savoir faire durer l'heure de nuit passée debout, à l'abri d'un arbre, moins longtemps qu'une minute. Et cette patience-là, cette patience si rare, j'ai découvert que je l'avais.

Après six mois d'efforts assidus, j'ai hérité des boulots les plus pénibles, essentiellement des histoires de divorce. C'était celles qui rapportaient le plus, et le Vieux ne voulait prendre aucun risque. Je ne l'ai pas déçu. Deux ans après mes débuts, j'étais promu bras droit du patron. J'imagine que c'est à ce moment-là qu'il a eu l'idée saugrenue de me léguer l'affaire.

Ça aurait dû être ma chance. Mais lorsque Cooper a disparu, la prospérité de l'agence s'est envolée avec lui. J'ai dû me résoudre à licencier les détectives un par un. Ça a fini par Burnett, qui était pourtant doué.

En toute honnêteté, le sort n'était pas l'unique responsable de cette dégringolade. Les divorces, les fugues, les héritiers, ça allait tant que Cooper était là. Mais lorsque je me suis retrouvé aux commandes, mon mauvais caractère a repris le dessus. Les cocus et les fils à papa me fatiguaient. J'en renvoyais la plupart avant qu'ils n'aient eu le temps de formuler leur demande. La réputation de Cooper & Son en a pris un sacré coup et son compte en banque a sombré dans un gouffre.

Je repense à tout ça en grimpant les marches. Puis j'essaye d'oublier, comme chaque matin.

J'ouvre la porte qui donne sur les deux seules pièces encore dédiées à l'agence. À l'époque de sa splendeur, elle occupait tout l'étage.

Une belle journée à ne rien faire commence. Il n'y a pas de courrier. Le téléphone ne sonnera pas.

Je délaisse le bureau où trône une machine à écrire obsolète et m'assois dans la salle d'attente, face à la bibliothèque que j'ai constituée peu à peu. Cinq étagères de livres et de revues. De quoi tuer l'ennui. J'y stocke aussi ma collection de cassettes vidéo. Un lecteur et une vieille télévision ornent un angle de la pièce.

Je pose *Astral Weeks* sur la platine, m'affale sur le canapé et relis la jaquette de *Dark Passage* pour la énième fois. Un son répétitif m'agace l'oreille. Je mets un bon moment à réaliser que ça vient de la porte d'entrée.

Chapitre trois

Je baissai le son et me levai pour accueillir le visiteur. Une visiteuse, en vérité. Un visage d'une pâleur extrême, encadré par des cheveux d'onyx. Sa robe épousait des courbes sans défaut. Je crus d'abord qu'il s'agissait d'une apparition. Son regard intense me fit redescendre sur terre.

— Entrez, je vous en prie.

Je reculai dans la pièce, l'invitai à s'asseoir d'un geste et réintégrai mon propre fauteuil. Elle préféra rester debout, dans un long silence indécis. Lorsqu'elle se mit à parler, sa voix était posée, avec un débit lent et agréable.

— Je vous prie de m'excuser, dit-elle, j'ai dû me tromper.

J'avais envie de la retenir. Il y avait pourtant un décalage évident entre son parfum raffiné, sa tenue à mille dollars et ma salle d'attente qui me semblait soudain misérable.

— Le salon de soins et de manucure « L. GRAY » est au deuxième étage de l'autre immeuble, lui dis-je. Vous n'êtes pas la première à confondre...

— Non… c’est que… je voulais parler à monsieur Cooper, directeur de l’agence Cooper & Son. J’ai dû me tromper de porte, excusez-moi encore.

— Vous ne vous êtes pas trompée. Monsieur Cooper est décédé et j’ai pris sa succession. Vous devriez essayer le fauteuil, il est confortable. Permettez-moi de me présenter : Niazz Saric. Je travaillais avec monsieur Cooper depuis quelques années et comme il n’avait pas d’enfant, il m’a légué l’agence. J’ai préféré garder le nom… Je ne sais pas si j’ai bien fait, en fin de compte.

— Je vois.

— Si vous avez besoin d’un service, acceptez que je le remplace.

— Je n’ai pas vraiment le choix, dit-elle en s’asseyant enfin. Vous êtes ma seule adresse, et je n’ai plus le temps de chercher ailleurs. J’espère que monsieur Cooper ne s’est pas trompé sur votre compte.

Elle penchait la tête sur le côté. Une boucle d’oreille chargée de brillants illuminait sa joue pâle. «*Madame George playing game of chance*», chantait Van Morrison sur la platine. J’étais probablement le seul de nous deux à l’entendre.

— Voilà, dit-elle, il s’agit de protéger un parent, mon cousin. Il a disparu et je sais qu’il est en danger.

— Eh bien… je ne suis pas garde du corps. Qu’attendez-vous de moi, exactement ?

— Je veux que vous le retrouviez, bien sûr.

Elle s’était assise sur le bord du fauteuil, les genoux joints dans une pose de madone. Je retombai dans la fascination qui m’avait saisi lors de son entrée dans la pièce. Je suppose que je restais trop longtemps silencieux, car elle reprit bientôt la parole :

— Écoutez… Si vous ne pouvez pas faire le travail pour une raison ou pour une autre, je ne vous en tiendrai pas rigueur. Dans ce cas, j'espère que vous pourrez me conseiller l'un de vos confrères. Nous disposons de peu de temps.

Nous ! Elle disait déjà « nous » ! Elle avait raison.

— C'est dans mes cordes, lui dis-je, et mon planning est dégagé en ce moment. On va s'installer au bureau et commencer par le début. Quel est votre nom ?

Elle s'appelait Jennifer Leight. Elle n'avait plus ni mère, ni père, ni aucun autre parent proche, excepté ce fameux cousin dont le sort l'inquiétait.

Je reportai tout ça dans mon cahier de notes. Ordre et méthode, c'était l'école à laquelle le vieux Cooper m'avait éduqué. Les yeux mi-clos, dans l'attitude recueillie de celui qui écoute avec attention, je pouvais la détailler à loisir pendant qu'elle me déroulait son histoire. J'admirais la grâce de ses gestes, la douceur et la mélancolie de son regard, les belles proportions de ses épaules et l'harmonie qui se dégageait de l'ensemble. Ses mains blanches traçaient des figures magiques dans l'espace, des lignes et des nœuds qui glissaient vers moi et emprisonnaient mon âme comme dans un filet.

Une partie de moi cherchait pourtant la faille. Il y avait toujours une faille, un petit défaut, même dans les tableaux les plus réussis. Mais mis à part une cicatrice minuscule au menton, rien ne clochait dans son apparence.

Le cousin que je devais retrouver s'appelait Steve Page. Il avait vingt-sept ans et, aux dernières nouvelles, il se faisait héberger chez un ami, du côté de Duxford Street, au vingt-huit de la rue. Jennifer et lui avaient le même âge. Ils avaient grandi comme frère et sœur dans la famille des parents de Jennifer, des petits mineurs misérables installés dans la région de Perth. Quand ils avaient eu dix-huit ans, ils avaient traversé l'Australie pour s'installer à Sydney. Elle, s'était lancée dans un parcours universitaire ; lui, dans une formation d'électricien. Mais Steve avait trop de goût pour l'école buissonnière. Il s'était contenté de suivre quelques cours et avait passé la plus grande partie de son temps à vadrouiller dans les quartiers les moins recommandables de la ville. Jennifer m'avait apporté une photo de lui et j'essayai de mémoriser son profil. Le physique lourd, les cheveux longs et bouclés, les traits grossiers, il ne présentait qu'une ressemblance très vague avec sa cousine.

Malgré leurs trajectoires de plus en plus divergentes, Jennifer était toujours très attachée à Steve qui restait pour elle comme un frère. Pour le moment, m'apprit-elle, il s'essayait dans un drôle de boulot qui l'amenait à sillonner le continent en voiture. Il faisait le relais entre des négociants thaïlandais de pierres précieuses, installés à l'Ouest et dans le Nord, et leurs clients, basés sur Sydney. Les Thaïlandais parcouraient les petits villages de mineurs comme Emmerald ou Rubyvale, et proposaient des prix au ras du plancher, sans marchandage possible. Dans un marché en crise, faute de débouchés plus rentables, les mineurs se faisaient finalement racketter. Le Gouvernement fermait les yeux sur ces pratiques, en échange d'un pourcentage sur les achats, et se gardait bien de s'intéresser à la situation des mineurs. Une fois acheminées à Sydney, les pierres étaient taillées et habillées avant d'être vendues sur place ou expédiées à l'étranger. Canberra se satisfaisait des quelques centaines de milliers de dollars qui entraient ainsi chaque année dans les caisses fédérales. Et tant pis pour le racket et la misère humaine.

— Tout ça est passionnant, dis-je à Jennifer, mais ça ne m'explique pas ce qui vous amène ici. Après tout, votre cousin est un grand garçon et il mène sa vie comme il le veut. Son activité est peut-être discutable d'un point de vue moral, mais elle semble légale. Qu'est-ce qui vous fait croire qu'il est en danger ? Vous m'avez dit que quelqu'un le menaçait…

Elle laissa ma phrase en l'air.

Son regard se mit à balayer la pièce, comme à la recherche d'une issue. Elle balançait sa jambe droite et jouait avec ses bagues. Arrogance et fragilité… J'eus soudain envie de me lever et de la prendre dans mes bras pour lui prodiguer des paroles rassurantes. Elle m'aurait mordu, pour sûr.

— Je… Il y a certaines choses dont je ne peux pas parler… pas aujourd'hui, me dit-elle.

— Ça ne va pas être facile pour moi, dans ces conditions.

Elle posa les mains à plat sur ses genoux, dans une posture rigide.

— Il me semble vous avoir dit ce que vous avez besoin de savoir. Retrouvez Steve, découvrez pourquoi il se cache. Nous verrons ensuite.

— Quand l'avez-vous vu pour la dernière fois ?

— Ça fait longtemps. Nous nous sommes éloignés l'un de l'autre, dernièrement.

— Dans ce cas, comment savez-vous qu'il a disparu ?

— J'ai essayé de le contacter la semaine dernière, pour des raisons personnelles. L'ami chez qui il habite m'a dit qu'il ne l'avait pas vu depuis plusieurs jours. Mais je me méfie de cet homme. Peut-être pourriez-vous commencer par le suivre pour en savoir plus à son sujet ? Je compte sur vous pour rester discret, je ne veux pas que votre filature mette Steve encore plus en danger.

— À quoi ressemble cet ami ?

— C'est un Asiatique, la peau sombre, pas très grand mais assez musclé.

— Quelle sorte d'Asiatique ? Chinois ? Japonais ? Vietnamien ? Thaïlandais ?

— Je ne sais pas.

— Où pourrai-je vous contacter ?

— Nulle part. Je repasserai régulièrement ici, à votre bureau. J'espère que vous aurez quelque chose à m'apprendre avant la fin de la semaine. Je compte sur vous, monsieur Saric. Je compte vraiment sur vous…

Elle se leva, sortit une enveloppe assez épaisse de son sac et me la tendit.

— Je pense que ça devrait couvrir vos premiers frais.

Un tas de voyants rouges s'étaient allumés dans le fond de mon cerveau. Je n'aurais pas dû laisser les choses se passer comme ça. J'aimais les affaires claires, et la sienne sentait la vase. En temps normal, je serais revenu sur mon engagement et j'aurais demandé à ma belle cliente d'aller tenter sa chance ailleurs.

J'ai pourtant pris l'enveloppe.

J'avais à peine refermé la porte que je me jetai sur l'annuaire de Sydney. Il y avait deux Jennifer Leight dans le gros livre : l'une, médecin, habitait le quartier rupin de Double Bay ; l'autre, comptable, habitait Paddington, la zone historique de la ville. C'était la deuxième, j'en étais sûr.

Je pris ma veste et mon chapeau.

Chapitre quatre

Une fois les fesses posées sur la banquette arrière du taxi, je repasse tout en perspective. Avec le peu d'indices que ma jolie cliente m'a fournis, je vais devoir avancer à l'aveuglette. J'ouvre l'enveloppe et compte les billets. Deux mille dollars. Elle ne s'est pas moquée de moi. Alors, je vais faire ce qu'elle veut, je vais courir comme un kangourou derrière son cousin et tenter de comprendre ce qui la tracasse.

Elle m'a drôlement remué, je dois bien me l'avouer.

Je rigole en imaginant ce que le Vieux aurait pensé de tout ça. « Ton comportement n'est pas professionnel, Niazz. On ne mélange pas le boulot et la romance. »

Mais il ne s'agit pas de romance.

Même si la belle joue à cache-cache, j'ai l'impression qu'elle a vraiment besoin d'un coup de main. Et je suis là pour démêler les embrouilles, non ? Sinon, à quoi je sers ?

Je vais tenter de l'apprivoiser. Je vais y aller avec prudence, sans m'emballer. Ce n'est pas parce qu'une cliente a débarqué avec une affaire un peu tordue que ma vie va prendre un sens. Pour elle, comme pour n'importe quel autre client, je ne suis qu'un outil jetable, un pion. Qu'importe si la main qui me déplace a plus de douceur que les précédentes. Une fois l'affaire réglée, j'aurai de la chance si elle se souvient de mon nom.

Dix heures. Le ciel devrait être plombé ! Que se passe-t-il ? Il fait encore beau, la lumière est pure, je peux même sentir l'odeur du grand large, le souffle des voiliers, et les goélands, si loin…

Duxford Street m'accueille, je suis planqué devant le vingt-huit. Jennifer m'a affirmé que l'ami du cousin Page serait chez lui ce matin. Comment le sait-elle ? Ça fait partie des choses qu'elle n'a pas révélées. J'essaye de ne plus penser à ça. C'est peut-être le plus difficile, dans ce boulot : à force d'attendre, on a trop le temps de penser.

Je n'ai pas de difficulté à repérer l'Asiatique quand il sort de l'immeuble aux environs de onze heures, son profil colle à ce qu'elle m'a dit. Sûrement un Thaïlandais. Il porte des chaussures vert-fluo. Facile à suivre dans la rue.

Il tourne à droite, c'est bon. Je le suis à bonne distance, j'ai déjà fait ça un million de fois. En passant le coin de la rue, il s'arrête pour s'allumer une cigarette. J'ai le temps de lire un panneau publicitaire placé à hauteur du feu de croisement. Les Los Angeles Lakers sont censés rencontrer la sélection australienne de basket-ball ce soir. Je n'y crois pas une seconde. C'est la troisième fois qu'ils programment cette rencontre en deux ans. Elle n'aura jamais lieu. L. A. est trop loin, trop inaccessible, même en rêvant trois fois.

On reprend notre marche, puis le gars sort des clés de sa poche et se dirige vers une Mini Morris aux chromes rutilants. Il s'installe, la voiture démarre doucement puis se trouve coincée au premier croisement, le temps pour moi de sauter dans un taxi et de demander au chauffeur de le suivre. « *No problem* », j'ai l'impression qu'il a attendu cet instant toute sa vie. On roule un bon moment à petite allure, Glenmore Road, Oxford Street par Taylord Square, Wentworth Avenue… je commence à deviner où il m'emmène.

On coupe George Street à hauteur de l'église baptiste. Le conducteur de la Morris se dirige directement vers un parking privé d'une vingtaine de places. J'abandonne mon taxi vingt mètres plus loin. Une note de frais pour Jennifer. Le chauffeur est plus lent à remplir un reçu qu'à se garer en double file, mais le Thaïlandais n'est pas un nerveux et je ne l'ai pas perdu de vue.

Quittant le parking, il parcourt Goulburn Street jusqu'au *Dixon Cafe* et franchit le portail couvert de tuiles vertes qui signale l'entrée de Chinatown. Ici, la rue devient piétonne et son pas se fait plus tranquille, presque flâneur. On longe quelques maisons qui sont autant de magasins, restaurants, bouis-bouis vendant et achetant de tout, pour qui a la patience d'explorer des montagnes de cartons et de boîtes en fer.

Des parfums d'encens, de poisson et de nems frits embaument la rue bondée de chevelus en jeans délavés, d'hommes respectables en complet trois-pièces et de bonzes aux crânes rasés, tout droit échappés des *Cinquante-cinq jours de Pékin*. Par endroits, les trottoirs sont encombrés de caisses et de sacs de tissus éventrés. On est loin des quartiers tirés à quatre épingles qui forment le reste de Sydney.

Ma cible tourne dans une rue adjacente plus étroite et, après une dizaine de pas, s'arrête devant une porte aux dimensions modestes qui se fond presque dans la grisaille de la rue. Il frappe deux coups secs et attend.

Je suis au coin, toujours dans Dixon Street, faisant semblant de m'intéresser à une vitrine sale. Un tricycle plein de marchandises me frôle à toute vitesse. La rue est très passante. Dans cette cohue, je n'attire l'attention de personne. Finalement, la porte s'ouvre en grand et l'homme s'y engouffre.

J'hésite sur la marche à suivre. Jusque-là, ma stratégie n'allait pas chercher loin : j'attendais simplement que quelque chose arrive. Méthode hasardeuse et certainement indigne de feu Cooper. Et maintenant, planté seul dans la rue, je suis peut-être en train de rater le moment fort de l'histoire. Ce soir, je rédigerai mon premier rapport d'observation. Je me vois mal écrire que j'ai fait du tourisme dans Chinatown. Le plus simple, évidemment, serait d'aller parler directement au gars que je file, de lui demander s'il a du nouveau sur Page, s'il sait pourquoi il se cache. Mais j'ai accepté de ne pas procéder ainsi.

Je m'approche. Une pancarte latérale m'explique vaguement à quoi j'ai affaire : « ThaïMarket – Asian Specialities ». Je n'ai pas trente-six solutions. Je décide d'aller, moi aussi, cogner au battant.

On vient rapidement m'ouvrir. Le portier est une charmante demoiselle. En un coup d'œil, je comprends dans quoi je suis tombé. La maison est à double emploi, comme cela se fait beaucoup dans la rue. C'est à la fois un petit restaurant et une épicerie spécialisée dans les produits de Thaïlande. Le patron importe de la marchandise du pays pour la revendre aux restaurateurs de la City et aux détaillants du quartier. Et pour tester la qualité de sa camelote, il sert quelques plats aux clients de passage, touristes égarés en mal d'exotisme, ou agent privé en filature.

La salle est divisée en deux parties : à droite, un entassement très organisé de cartons, un bureau avec une calculatrice et un téléphone ; à gauche, cinq tables en formica, très propres, reluisantes même. L'une d'elles est occupée, mais pas de traces de mon oiseau. Je demande s'il est possible de m'installer. La jeune fille qui m'a accueilli se mue en maître d'hôtel et m'indique une table près d'un mur. Elle me donne une carte couverte de mentions extravagantes. J'opte au hasard pour les deux premières lignes. Elle acquiesce gentiment et s'en va par la porte située en face de l'entrée.

À vue de nez, il n'y a pas d'autre issue. Mon gars n'a pu aller que par là. J'ai une soudaine envie de visiter les toilettes de cet accueillant boui-boui et je me lève. Pas d'autre personnel dans la salle. Je cogne à la porte. On ne répond pas. Je la pousse et m'engage dans le couloir qui suit. Une ouverture est percée immédiatement sur la gauche, elle est fermée par un simple tissu, mais des odeurs plutôt alléchantes s'en échappent. Je tire le rideau et découvre sans surprise une petite cuisine. Le chef me tourne le dos, c'est très bien. Je continue ma progression, il reste deux autres ouvertures, toutes deux munies de portes légères. J'empoigne la première qui s'ouvre sans difficulté sur une pièce sombre. Deux lits simplement recouverts d'un drap y côtoient des tables bon marché et des chaises. La pièce donne l'impression d'être rarement occupée. Je referme doucement et poursuis mon exploration. Derrière la dernière porte, tout est possible. Ça peut être un bureau ou une cambuse, une autre chambre, ou la rue, tout simplement. Au point où j'en suis, je ne vois pas quoi faire d'autre que de la pousser.

J'ai la main sur la poignée quand une voix calme se fait entendre dans mon dos.

— Vous cherchez quelque chose ?

Je me retourne en sursautant. D'où sort ce gros bonhomme ? Mis à part les deux clients assis à côté de moi, la salle était vide lorsque je l'ai quittée. Y a-t-il une autre porte qui m'aurait échappé ?

— Les toilettes, s'il vous plaît…

— Désolé. Il n'y en a pas pour les clients, notre établissement est trop modeste.

Vu sa prestance, il s'agit certainement du patron.

La conversation aurait pu s'arrêter là et nous serions restés bons amis. Mais l'un des quartiers de ma pauvre cervelle est habité par un diablotin. Dès que ce salopard sent la possibilité de me voir commettre une gaffe, il prend le contrôle et balance le paquet. Et je me retrouve immanquablement dans la panade.

— En fait… je cherche un ami, Page, Steve Page. Il me semble l'avoir vu entrer dans votre boutique, et comme je ne le vois nulle part à l'intérieur, je me suis demandé s'il n'existait pas une autre salle par-derrière. Mais j'ai dû me tromper… Excusez mon indiscrétion.

Le gros Thaïlandais plisse les yeux.

— Vous devriez retourner à votre table, notre cuisinier risque de se sentir blessé si vous laissez les plats refroidir.

Il s'incline. Je m'incline et le croise pour regagner la salle, un peu penaud. Je me rassois et goûte les plats, délicieux et parfaitement chauds. Je m'imagine encore que ça va se terminer sans histoires.

J'ai à peine terminé mon festin quand la serveuse vient me dire que le patron voudrait me voir dans son bureau, au fond du couloir.

— Vous connaissez le chemin, ajoute-t-elle.

Pas la moindre trace d'ironie sur son joli visage. Je me lève pour répondre à cette drôle d'invitation. Je ne sais pas à quoi m'attendre quand je pousse enfin la porte mystérieuse.

Le piège était pourtant gros.

Au réveil, j'ai une terrible douleur à la nuque. Je me tâte et détecte une grosse bosse, très sensible au toucher. J'ai eu droit à un bon coup sur la tête. Ma montre pointe sur quatorze heures. J'ai dormi presque deux heures. C'est toujours ça de pris sur la nuit prochaine.

Je ne suis pas attaché. On m'a gentiment allongé sur un matelas qui sent la poussière humide, posé à même le sol. Il n'y a pas grand chose d'autre dans la pièce : un petit tabouret, une vieille valise et quelques caisses. Les murs sont nus. La lumière arrive par une fenêtre haute aux carreaux sales, doublée de barreaux. Je suis dans une cave, apparemment.

Je cherche mon chapeau partout. Disparu. Il a dû tomber au moment où je me suis fait assommer, et personne ne s'est soucié de le ramasser pour moi. J'y tenais beaucoup à ce chapeau. Je sais bien qu'il est passé de mode, mais ça faisait un bout de temps qu'il me protégeait le crâne. Je le regretterai.

Je teste la porte. Elle est évidemment verrouillée. Les couvercles des caisses s'ouvrent en revanche sans résister. Elles sont vides toutes les trois.

Je renverse le contenu de la valise sur le sol. Un bouquin de science-fiction, un vieux peigne, des fringues et des sous-vêtements masculins. En farfouillant un peu là-dedans, ma main rencontre un truc poisseux. Du savon. Rien d'intéressant, rien qui pourrait m'aider à sortir de là.

Pour le moment, je m'en moque un peu. J'ai perdu pour de bon la trace du copain de Page. Je ne sais pas où le retrouver et je n'ai plus envie de faire le poireau en bas de chez lui. Je ne saurais même pas quoi faire si j'étais dehors et libre de mes mouvements. Attendre et réfléchir sont certainement ce que j'ai de mieux à faire. Je m'assois sur l'une des caisses.

Pourquoi m'a-t-on assommé et jeté dans cette pièce ? Pourquoi cette agressivité ? Le patron du restau ne savait pas pourquoi je cherchais Page, j'aurais pu être un vieux copain de collège.

Quelque chose de dur me rentre dans la cuisse. Je me lève et inspecte une nouvelle fois la caisse. Une tôle pliée renforce ses angles. Ça pourrait me servir d'outil si je parvenais à la démonter. Rien ne presse, je me rassois.

Le cousin Page doit tremper dans une affaire qui a mal tourné, et je suis arrivé au mauvais moment. Le patron du restau a paniqué. La première action qui lui est venue à l'esprit, il l'a appliquée sous l'impulsion. Il faut suivre son instinct, c'est bien, mais là, il a eu un réflexe de primate. De quoi a-t-il eu peur ?

Je tâte mes poches. On m'a laissé toutes mes affaires. Mon quarante-cinq est toujours dans son holster. On ne m'a même pas fouillé. Une fois assommé, on m'a jeté là sans réfléchir, en attendant le retour de celui-qui-sait.

Mais celui-qui-sait tarde à venir.

J'ai hâte de rencontrer le bonhomme. S'il est reparti pour une de ses virées dans le Queensland, j'en ai pour plusieurs jours à moisir ici. Il va falloir que je m'habitue à la nourriture thaïlandaise. Ou que je trouve le moyen de m'en sortir par moi-même.

Je ne peux pas rester éternellement dans cette pièce fermée à clé. Je suis détective, bon sang ! Je suis un homme du dehors, un chevalier de la cité, un redresseur de torts, un pourfendeur du mal. Je bats le pavé avec l'assurance des grands aventuriers, le vent dans la figure.

Je dois sortir.

Je fais glisser la caisse qui supportait mes fesses et j'y grimpe pour examiner les barreaux qui entravent la fenêtre. Ils sont soudés sur un cadre métallique faiblement scellé. Une simple fenêtre de cave, je ne suis pas dans Fort Knox.

Je redescends et administre de grands coups de pieds à l'une des autres caisses, afin de la réduire en morceaux. Les tôles qui la renforçaient finissent par se détacher. En redressant l'une d'elles à coups de talon, j'obtiens quelque chose qui pourra faire office de burin. Je remonte sur mon escabeau de fortune et attaque le mortier de la fenêtre avec optimisme.

Le transbahuteur de pierres n'est pas seul à occuper mon esprit pendant que mes mains s'activent. Plusieurs fois, durant les heures qui suivent, le nom de Jennifer interfère dans mes pensées de travailleur à la peine. Je me mets alors à rêver bêtement au lieu de me préoccuper de mon sort. J'en viens à me demander si je suis encore lucide sur moi-même. Dans le fond, cette affaire ne vaut pas mieux que beaucoup d'autres que j'ai pourtant refusées. Si je m'y suis collé avec autant d'entrain, c'est que je cherche un prétexte pour la revoir. La revoir et me laisser une nouvelle fois hypnotiser par la grâce de ses mouvements. Quand j'y repense, ma respiration s'accélère. C'est vraiment stupide.

Finalement, le Vieux aurait peut-être eu raison de me faire la leçon.

Mais il est mort. Et s'il y a un droit que j'ai gagné en acceptant son héritage, c'est celui d'aller là où mes pieds me guident. Je n'ai de comptes à rendre à personne, pas même à ma propre raison.

Le mortier de la fenêtre se désagrège peu à peu sous mon burin improvisé. Eastwood ne s'en sortait pas mieux dans *L'Évadé d'Alcatraz*.

Les scellements lâchent enfin. J'attrape le cadre métallique supportant les barreaux et le dégage de son logement. Puis j'enroule mon poing dans un pan de ma veste et frappe la petite fenêtre sale qui me sépare encore de la liberté. Le verre résiste, mais son support de bois pourri cède d'un bloc. Ça me dégage assez de place pour me faufiler dans la ruelle sombre à laquelle ma prison est adossée. En tournant deux fois sur gauche, je devrais me retrouver dans Dixon Street et y dénicher un taxi. Le jour éclaire encore la ville.

Chapitre cinq

À peine la porte de mon appartement poussée, je m'affalai sur le canapé et me goinfrai du *fish & chips* acheté au coin de la rue. À la quatrième frite, j'allumai le poste de télévision et vis le grand Kareem Abdul Jabbar réussir un magnifique *skyhook* par-dessus la tête de Smitowsky.

Je me mis en mode zombi pendant l'interminable série de publicités qui suivit. Un crétin en caleçon savonnait son torse plein de muscles sous la douche. Mais *qui* portait un caleçon sous la douche ?

Ça me fit repenser au savon qui traînait dans la valise de la cave. S'il était poisseux, c'est qu'il avait été utilisé peu de temps auparavant. Par qui ? La réponse m'apparut soudain, évidente : cette cave était la planque de Page. Et il n'était pas loin. J'aurais dû l'attendre tranquillement sur son matelas, au lieu de vouloir m'évader à tout prix. En tout cas, j'aurais dû examiner ses affaires avec plus d'attention. C'était mon problème : je comprenais toujours les choses trop tard.

La tête de Magic Johnson s'afficha sur l'écran. Il me fallut quelques secondes pour réaliser que j'assistais à la deuxième mi-temps du match annoncé dans la rue. Bon sang ! Qu'est-ce que je fichais là, au lieu d'être au *Superdome* en chair et en os ?

Je m'assis dans une transe hypnotique. Les Lakers étaient évidemment en tête, mais les paysans du coin se défendaient bien et Smitowsky faisait un sacré boulot en contre-attaque, si bien que Magic Johnson devait donner de son mieux. Le match se conclut sur une balle phénoménale du champion américain, à dix centimètres au-dessus du cercle, dans la paume de Kareem, venu là comme on va cueillir des figues. Le veinard la dériva avec délicatesse dans le panier.

J'éteignis la télévision et restai de longues minutes en extase, les yeux remplis d'étoiles. J'étais encore rêveur quand je pris ma trompette.

J'avais à peine soufflé mes premières notes qu'un tambourinement violent fit trembler ma porte. Je reposai l'instrument.

— Salut, Peter, fis-je en reconnaissant le semeur de trouble.

Peter était l'homme de Neandertal qui me servait de voisin du dessus depuis deux semaines. Le précédent locataire s'était fait embarquer par une fille qui avait voulu emménager dans les beaux quartiers. Peter et sa chemise à carreaux avaient pris la suite. Toujours dépenaillé, le visage mangé de barbe jusqu'aux yeux, il était armé de dents gigantesques qu'il dévoilait à la moindre occasion dans un sourire terrifiant. Pour le moment, il m'épargnait ce spectacle, affichant un air sombre qui ne valait pas mieux.

— Salut, Niazz.

— Tu veux entrer ?

— Je préfère pas.

— Qu'est-ce qui t'amène ?

— Tu le sais très bien, Niazz. On en a longuement parlé l'autre jour.

— Quoi ? La trompette ? Oh, non ! Tu vas pas remettre ça !

— C'est toi qui a remis ça, Niazz.

— Écoute, je t'ai déjà dit que je devais travailler tous les soirs. C'est une discipline.

— Ta discipline me bousille les oreilles. Cette nuit, tu m'as réveillé en sursaut. Quelle heure il était ? Au moins deux heures du matin, non ? Au début, j'ai cru que t'étais en train d'égorger une portée de chats. Et puis j'ai fini par comprendre qu'aucun animal n'était capable de produire des sons aussi affreux, même sous la torture.

— C'était un trille en fa dièse, Peter. Tu n'y connais vraiment rien. Ça fait six ans que je bosse la trompette. Tu peux pas prétendre que je joue mal.

— Six ans ?

— Ouais.

— Ça me désole encore plus, Niazz. C'est vraiment sans espoir, dans ce cas.

— Écoute, je dois y aller. On en reparlera plus tard.

— J'espère que non, Niazz. J'y tiens pas du tout.

Cet imbécile me faisait perdre mon temps. Je refermai la porte et fonçai sous la douche. J'avais décidé d'aller voir Jennifer. Elle saurait peut-être m'expliquer pourquoi ce fichu restaurant thaïlandais m'avait servi sa spécialité à base de matraque.

J'arrivai à Paddington à la tombée de la nuit et remarquai une Mini Morris semblable à celle du Thaïlandais. Mais les voitures, ça se fait et ça se peint en série.

Je montai au premier étage et sonnai à l'appartement de gauche. Sans résultat. Après une deuxième tentative infructueuse, j'administrai quelques coups secs au battant. Il s'entrouvrit finalement à regret. Un visage incroyablement fripé se glissa dans l'espace étroit qui s'était dégagé.

— Vous êtes le mécanicien ?

— Non, madame, je...

— Bien sûr que si ! Je reconnais votre moustache ! Vous n'avez pas vu Harold, par hasard ?

— Non, madame.

Elle me lança un regard sévère et claqua la porte.

Je pris quelques secondes pour me remettre, puis j'allai sonner à l'appartement de droite.

Jennifer ouvrit tout de suite. Elle sortait de son bain. Ses cheveux relevés en chignon étaient emprisonnés dans une serviette. Ça dégageait l'ovale de son visage et mettait en valeur les brillants qu'elle avait gardés aux oreilles.

— Je ne crois pas vous avoir donné mon adresse...

— J'ai pensé que c'était un oubli.

La peau humide de son cou luisait dans le clair-obscur du palier. Son peignoir en soie blanche lui collait au corps par endroits. À en croire son expression, elle était vraiment contrariée de me voir.

— Je vous ai dit que je passerais régulièrement à l'agence. Que voulez-vous ?

— J'ai des questions à vous poser.

— Vous avez trouvé Steve ? Qu'avez-vous appris ?

Nous étions toujours debout sur le pas de sa porte. J'aurais préféré un meilleur accueil. Pour tout dire, j'aurais aimé qu'on parle de tout autre chose que du cousin.

Elle finit par se radoucir.

— Entrez. Asseyons-nous un moment, puisque vous êtes là.

Le salon, immense, était parsemé de nombreux tapis, de meubles anciens et de tableaux aux tons pastel. Un parfum de cire de bougie et de cosmétiques rendait l'atmosphère accueillante. Je m'installai à côté d'elle sur un canapé de cuir blanc. J'essayai de ne pas me laisser émouvoir par la chaleur de son corps tout proche.

— La filature de votre bonhomme m'a valu une belle bosse sur la tête, juste là…

Ça ne l'émut pas plus que ça.

— … et quelques heures enfermé dans une cave d'où j'ai dû m'évader en creusant le béton. Votre affaire n'a rien d'ordinaire et je sais que vous ne m'avez pas tout dit. De toute évidence, votre cousin trempe dans quelque chose de louche.

Sa bouche se crispa. Elle se leva et fit quelques pas vers l'angle du salon. La musique de Pat Metheny emplit bientôt la pièce. Ça me plaisait bien.

— Attendez-moi. J'en ai pour une minute.

Elle disparut dans le couloir.

Je me levai à mon tour, incapable de tenir en place, et tournai en rond dans la pièce.

Seule note discordante dans l'espace impeccablement tenu, des feuilles de papier gisaient en désordre sur un petit secrétaire. Couvertes de rangées de nombres à six ou sept chiffres. Sûrement pas ses comptes personnels. J'étais tenté d'y regarder de plus près, mais elle pouvait revenir d'une seconde à l'autre et je ne voulais pas qu'elle me surprenne à jouer la fouine. J'allai donc explorer la bibliothèque jouxtant l'entrée. Patrick White, Colleen McCullough, Thomas Keneally, Arthur Upfield… Rien que du bon.

Je l'entendis qui s'activait à présent dans la cuisine. Un juron étouffé succéda à un bruit de verre brisé. Dans le même temps, une boule de poils emmêlés jaillit en trombe dans le salon, stoppa à deux pas de moi et dévoila ses dents en grondant dans une posture hostile. La chose était tellement hideuse que je doutai de sa nature. Un chat ?

— Ne faites pas attention à lui, dit Jennifer. Il se prend pour le patron et il n'aime pas beaucoup les hommes.

Elle était de retour dans un déshabillé noir très strict. Elle posa un plateau sur une table basse à côté du canapé. Deux verres de cristal et une bouteille de vin blanc.

La bestiole hirsute rampa comme une gargouille vers un angle obscur de la pièce. En la suivant du regard, Jennifer remarqua le désordre du secrétaire.

Elle se leva précipitamment, rangea les papiers en une pile bien nette et les glissa dans un tiroir.

— Steve est un gentil garçon, dit-elle en reprenant la conversation là où nous l'avions laissée. Nous avons tous les deux connu des temps difficiles, mais c'est resté quelqu'un de bien. Quoi qu'il vous soit arrivé, il n'y est sans doute pour rien. Il me semble vous avoir demandé de le protéger, pas de l'accuser.

— Et moi, il me semble que j'ai le droit d'apprécier le personnage par moi-même. Et si je découvre quelque chose qui ne cadre pas avec l'image que vous vous faites de lui, eh bien, tant pis.

Alors qu'elle avait commencé à nous servir le vin, elle suspendit son geste et durcit le ton.

— Monsieur Saric, je vous ai payé pour une mission précise. Êtes-vous certain d'avoir compris ce que j'attendais de vous ?

Ça faisait longtemps qu'on ne m'avait pas parlé comme à un gamin. Je me rebiffai :

— Au point où j'en suis, je pense que je ferais mieux de laisser tomber l'affaire. Je vais vous rendre votre avance et vous confier à un confrère. Ça sera préférable pour nous deux.

— Pourquoi ? Non !

Elle posa la bouteille qu'elle tenait toujours et fit un effort visible pour se reprendre.

— Je ne voulais pas vous froisser. Je comprends vos difficultés.

Dans un nouveau revirement d'humeur, sa voix se teinta alors de désespoir.

— Quoi qu'il arrive et surtout quoi que je vous dise, continuez votre travail, promettez-le moi. Il faut protéger Steve, il est réellement en danger.

Ses yeux brillaient d'émotion. Elle s'était approchée et m'avait pris les mains. Ça me paralysait. Elle me lâcha sans prévenir davantage et se remit à nous servir.

— Restez encore un peu, voulez-vous ? Racontez-moi exactement ce qui s'est passé.

Je serais resté jusqu'à la fin du monde si elle me l'avait demandé.

Je lui décrivis point par point mon périple de la journée. J'omis cependant de lui faire part de la planque présumée du cousin. Je voulais d'abord vérifier la chose. Après avoir fait mine de compatir à mes malheurs, elle me raconta son enfance avec son cousin, leur première partie de pêche, une fugue de deux jours après une engueulade des parents, leurs balades à bicyclette et les fruits qu'ils volaient chez le voisin. Des banalités sans importance. La bouteille de vin se vidait à vue d'œil. Elle se levait régulièrement pour relancer la musique. Je la contemplais comme un toutou bien sage.

Elle me promenait.

Ça rendait la discussion un peu bancale, ponctuée de longs silences. On s'en remettait alors à la musique, espérant qu'elle exprimerait peut-être ce qu'on ne se disait pas.

Ça dura un bon moment.

Lorsque le diamant arriva au centre du quatrième disque, Jennifer ne se décolla pas du canapé.

Le silence s'étala dans toutes les directions. Elle me jeta un long regard indéchiffrable. Mon cœur battait comme les ailes d'un colibri.

La sonnette de la porte d'entrée nous fit sursauter. Jennifer fronça les sourcils et sembla hésiter. Une voix haut-perchée se fit entendre à travers la porte.

— C'est moi, ma chérie !

Jennifer se leva pour lui ouvrir.

— Bonsoir, Margareth ! Il est très tard, que se passe-t-il ?

— Tu n'aurais pas vu Harold ? Je l'ai cherché toute la soirée !

C'était la vieille voisine que j'avais dérangée un peu plus tôt.

— Mais si, bien sûr ! Il est là, avec moi. Tu m'as demandé de le garder. Tu ne t'en souviens pas ?

De toute évidence, la vieille n'avait pas eu besoin de moi pour être dérangée.

— Oh, ma chérie, bien sûr ! Je me souviens, maintenant ! Je vois que le mécanicien est avec toi, pardon de t'avoir ennuyée.

Je m'étais levé à son entrée. Elle me lança un clin d'œil appuyé.

— Soyez gentil avec elle, mon garçon. Jennifer est vraiment un amour. Vous n'imaginez pas tout ce qu'elle fait pour moi. C'est une sainte.

Elle se hissa sur la pointe des pieds pour se jeter au cou de Jennifer et la serrer dans ses bras maigres avec toute la force dont elle semblait capable. Des larmes perlaient au bord de ses paupières plissées.

— Tout va bien Maggie, dit Jennifer. Tu peux rentrer chez toi, maintenant. Je prends soin d'Harold.

— Bonne nuit, ma chérie. Je t'aime, tu sais ?

— Je sais.

La vieille recula à petits pas et Jennifer referma doucement la porte, un vague sourire aux lèvres.

— C'est comme ça qu'elle me tient, dit-elle. Je ne peux rien lui refuser.

— Harold, c'est le chat ?

— Oui.

— J'ai croisé cette dame tout à l'heure, avant d'entrer chez vous. Elle semble avoir perdu le sens des réalités.

— Pas tant que ça. Ses absences sont momentanées. Je l'aide un peu à s'organiser, c'est tout.

— Et qui est le mécanicien ?

— Ce serait trop long à expliquer.

Nous étions tous les deux debout, ne sachant trop quoi faire de nos mains. Cette soirée m'avait remué de toutes les façons possibles et mon esprit tournait à vide.

— J'ai besoin de me reposer, dit Jennifer.

— Bien sûr.

Moi, j'avais une nouvelle nuit d'insomnie à meubler. Je la saluai à regret.

Mes jambes me traînèrent jusqu'au bas de l'immeuble. La nuit était ouateuse. Le plafond noir avait l'allure d'un torchon crasseux. Pas de lune, pas d'étoiles. Je restai tout de même planté sur le trottoir, les mains dans les poches, savourant la brise fraîche qui venait du port.

Quelque chose de ténu bougea dans mon champ de vision. À quelques mètres, un lampadaire éclairait une chaussure vert-fluo qui dépassait d'une porte cochère. Pas très doué pour la planque, le Thaïlandais ! Je longeai le mur en silence et l'attrapai par le col.

— Qu'est-ce que tu fais là, mon pote ? Qui tu surveilles ? Moi, ou la demoiselle ?

Par réflexe, il me plante son genou entre les cuisses. J'esquive à moitié et lui tords le bras dans une prise que je croyais maîtriser. Raté ! Il se libère en moins de deux et me colle son poing dans la tempe. Ça résonne dans tout mon crâne. Pendant que j'essaye de récupérer, il remet ça deux fois. Je m'affale dans le caniveau, en vrac. Il ricane et se penche au-dessus de moi. Vu sa bonne humeur, je le sens prêt à m'administrer une torture orientale aussi horrible que raffinée. Pas question ! Je lui colle le canon de mon quarante-cinq dans le ventre et admire l'effet de ma contre-mesure : il se déplie proprement et ne bouge plus d'un poil.

J'en profite pour me relever. Et pour me détendre, je lui administre une paire de gifles à la volée. Il se tient tranquille et se masse prudemment les joues. Ça devient convivial.

— Alors, dis-moi ce que tu fais là. C'est Page qui t'envoie ?

Il se tait. L'ambiance est magnifique mais il a du mal à se laisser entraîner, alors j'insiste : il ramasse une seconde volée de gifles.

— Je suis crevé, mon vieux. Je ne vais pas passer la nuit ici. Dépêche-toi de l'ouvrir ou je risque de perdre le contrôle de ce machin. Regarde : j'ai la main qui tremble…

J'agite l'arme sous son nez. Il joue le dur, mais ses yeux le trahissent.

— Comment tu t'appelles ? dis-je.

— Mickey Mouse.

Il se prend une autre volée de gifles bien appuyées. Ça le ramollit.

— Anun. Je m'appelle Anun.

— Pour qui tu bosses ?

— Pour Parkinson.

— Tu me fatigues.

Je continue mon traitement. Cette fois, je n'ai vraiment pas lésiné et je vois qu'il a mal. Je vois aussi qu'il commence à être franchement furieux. J'aimerais autant que la discussion avance un peu.

— William Parkinson, c'est le nom de celui qui me paye pour la surveiller.

— OK. Alors, écoute bien : on est au Moyen Âge, et moi, je suis le chevalier servant de la belle Dame qui habite dans ce château. Tu piges ? Tu vas rapporter ça à ton copain, Steve Page. Tu lui diras aussi que je veux le voir. Demain, à l'heure du déjeuner, au ThaïMarket, dans cette bonne vieille boutique où il se planque. D'accord ?

Le gars se renfrogne. J'ai l'impression que j'ai visé juste avec l'histoire de la planque.

— Qu'est-ce que tu lui veux ? demande-t-il.

— Je le lui dirai moi-même.

— Non, tu dois lui foutre la paix. Il ne viendra pas. Je ne peux même pas lui transmettre ton message, je ne sais pas où il est.

— Je suis sûr que si.

— Ne me colle plus jamais ton flingue sur le ventre !

Il se retourne et file en direction de sa voiture. J'hésite un peu mais trop tard, il est parti. L'entrevue n'a pas duré plus de cinq minutes, mais elle m'a permis d'évacuer la frustration que j'éprouvais en sortant de chez Jennifer. Maintenant, j'ai mal au crâne. J'ai hâte d'être chez moi et de me détendre. Je hèle un taxi qui a la bonne idée de passer par là.

Une fois au bercail, contrairement à mon habitude, je laisse la platine en sommeil. Je me glisse dans un bain brûlant et savoure le silence. J'aimerais savoir pourquoi ce dénommé « Anun » surveillait Jennifer. J'aurais dû le cuisiner davantage. Qui est ce William Parkinson pour qui il prétend travailler ? C'est un sac de nœuds.

Pour le dernier point, j'ai un plan : je vais demander un coup de main à Burnett. Il faisait du bon boulot à l'époque où il bossait pour moi, et l'argent de Jennifer me permet de m'offrir ce luxe.

J'ai bon espoir que le Thaïlandais transmette mon invitation au cousin. Ce que je vais lui dire, je me le demande. Mais je dois le rencontrer. D'abord parce que je n'aime pas me faire assommer sans savoir pourquoi. Et puis ça me permettra de dire à Jennifer que je l'ai retrouvé. Après ça, je pourrais simplement attendre que les choses se passent. Attendre qu'il se fasse amocher ou même descendre, si c'est son destin. J'ai été clair : je ne suis pas garde du corps.

Mais sans Steve Page il n'y a plus de filature ni de compte-rendu de filature dans cet appartement qui sent la cire chaude.

La vérité, c'est que je voudrais voir cette affaire s'étirer à l'infini. Qu'elle se complique, qu'elle s'entortille, que Jennifer ne s'aperçoive pas que la semaine octroyée s'est transformée en heures éternelles. Je voudrais échapper à ma solitude, à ma vie ennuyeuse, celle qui me sautera dessus et recommencera à me dévorer dès que tout ça sera fini.

Bon sang ! j'ai du mal à réfléchir. C'est dangereux. Je n'ai rien mangé de l'après-midi et le vin blanc m'a embrouillé les idées. D'un seul coup, l'eau du bain me semble froide.

À minuit passé, je suis ressorti de chez moi et j'ai erré comme un fantôme jusqu'à Paddington. Le quartier était désert. Les voitures le traversaient à toute vitesse, comme si elles fuyaient quelque chose, et les quelques marcheurs pressés que j'ai croisés lançaient des regards inquiets autour d'eux.

J'ai remonté les marches de l'immeuble de Jennifer. Ça n'avait aucun sens, je le savais. J'ai frappé discrètement. Derrière l'œilleton, on est venu voir qui ça pouvait bien être. On a vu et on est reparti se coucher. Ou bien on n'a rien entendu et je me suis fait des idées.

J'hésitai à aller me planter devant le ThaïMarket au cas où le cousin y montrerait son nez. Mais à cette heure de la nuit, ça n'avait pas beaucoup de sens. Aller chez Wilfrid ? Après minuit, il y avait peu de chances pour qu'il soit encore ouvert. J'ai quand même tenté le coup.

Il y a des illuminés qui s'imaginent que les planètes influencent nos actions. Peut-être que, ce soir-là, je bénéficiais d'une conjonction extraordinaire, du genre qui se produit seulement tous les dix mille ans. Pas moyen de vérifier avec le ciel toujours couvert de coton. En tout cas, la chance m'accompagnait : la devanture de Wilfrid brillait de tous ses feux. J'aurais peut-être dû en profiter pour composer une symphonie, me lancer à la conquête du monde, jouer au loto ou appeler ma mère au téléphone.

Je suis simplement entré dans le bar.

Wilfrid m'a accueilli par un verre déposé sur le zinc. Plus incroyable encore, il m'a proposé une balade en voiture. Quelqu'un l'attendait à la maison, lui qui aimait terminer ses journées sans précipitation ni bousculade, et voilà qu'il allait perdre son temps avec un détective insomniaque !

Il n'a pas été avare. En fait de balade, on a passé le reste de la nuit à déambuler. Wool'oomooloo, Elizabeth Bay, Walsh Bay, Darling Harbour, Blackwattle Bay, et d'autres encore, sans nom, qui n'étaient là que pour nous. On a admiré Sydney Cove et Farm Cove, on a remonté George et William Street. Au risque d'abuser de sa gentillesse, je lui ai demandé de passer par Chinatown, histoire de voir si ça remuait par là-bas. Mais rien de notable. On a quitté le quartier pour filer sur Bondi puis sur Maroubra et la presqu'île La Pérouse.

On se racontait des conneries : nos premières amours, nos rêves de gosses, nos vieux espoirs et nos regrets, les trucs qu'on voulait faire avant de mourir…

À quatre heures, il a fallu faire le plein d'essence. On s'est arrêtés dans un petit bistrot que Wilfrid savait être ouvert. Le café était bon. L'air du large aussi, qui s'est engouffré dans les voiles de nos rêves.

On était des goélands. On survolait les flots. On voyait des îles merveilleuses et on les quittait avec joie et bonne humeur, certains d'en rencontrer d'autres, toutes aussi belles et joyeuses. On était des pirates, des navigateurs intrépides, prêts à tout pour explorer les horizons lointains. On hissait le foc à la seule force du poignet, on défiait les éléments dans un combat loyal où les règles sont les mêmes pour tous. La vie était cruelle, mais on l'affrontait avec courage. On s'en sortait toujours vainqueurs, car l'homme est toujours vainqueur quand il se bat, même s'il en meurt.

Nous avons repris la route en silence. Il m'a déposé. Ça avait été une nuit magnifique, pleine d'amitié.

Je me suis dit que j'appellerais ma mère un autre jour.

Chapitre six

L e lendemain, à dix heures, passage chez le Grec. Un des neveux me sert un café et des œufs au bacon. Le vieux vient me tailler une petite bavette, histoire d'entretenir le lien, la concurrence est dure dans le quartier. Je pourrais le rassurer tout de suite, lui dire qu'il est le meilleur, et que j'aime toute sa famille. Mais je ne suis pas d'humeur, ce matin.

Je profite du calme pour téléphoner à Burnett.

— T'as retrouvé ta petite voleuse ?

— C'est elle qui m'a retrouvé.

— Comment ça ?

— Ça faisait deux semaines que je la filais, alors je suppose qu'elle m'avait repéré, d'une façon ou d'une autre. Maintenant, c'est elle qui me suit partout. Elle me colle comme une sangsue. Elle dit qu'elle veut m'épouser. C'est vachement flippant.

— Et le père, il en dit quoi ? Il est d'accord pour le mariage ?

— T'es malade, ou quoi ? C'est hors de question !

Je change de sujet et lui brosse le tableau à propos du boulot.

— C'est pas les William Parkinson qui manquent dans le bottin, me fait-il remarquer.

— Je te propose un salaire, pas le gros prix du loto.

— Et comment je sais que j'ai trouvé le bon ?

— Commence par rayer les employés des postes, les libraires et les livreurs de pizza. Celui que je cherche trafique quelque chose du côté de Chinatown et vient d'embaucher un Thaïlandais, un certain « Anun », pour une surveillance. Quelque chose à voir avec un trafic de pierres précieuses, peut-être.

— Tu dis « Thaïlandais », toi ? demande Burnett.

— Pourquoi pas ?

— Certains disent simplement « Thaï », alors…

— Alors, quoi ? Tu collabores au dictionnaire, maintenant ?

— Notre langue influence notre façon de penser, Niazz. Dans une étude récente, le professeur Lera Boroditsky a réalisé des expériences sur des Arabes israéliens, qui parlent couramment l'arabe et l'hébreu. Elle a démontré qu'ils étaient plus susceptibles de présenter des préjugés envers les Juifs si les questions leur étaient posées en arabe plutôt qu'en hébreu.

— La vache !

— Quoi ?

— Je m'en fous complètement, Burnett. Vraiment… j'aimerais pouvoir te dire à quel point je m'en fous, mais ça dépasse mes capacités d'expression. D'après toi, ça veut dire que je suis con ?

— Je ne sais pas, Niazz, c'est toi le boss.

— Tu prends le job ?

— Je devrais pouvoir m'en sortir. J'ai toujours mes contacts derrière le rideau de bambou.

Je raccroche après lui avoir souhaité bonne chance avec sa gamine.

Moi, je trouve que « Thaïlandais » c'est quand même plus respectueux que « Thaï ». C'est pas que ça soit vraiment important, mais quand même.

— Dis-moi, le Grec, on est mercredi. Ton jeune fils bosse avec toi, aujourd'hui ?

— Léandros ? Oui, il est là.

— Tu crois qu'il pourrait me couper les cheveux ?

— Oui, sûrement. Mais pourquoi tu ne vas pas chez le coiffeur, Niazz ?

— J'aime pas les coiffeurs, je te l'ai déjà dit. J'ai pas confiance.

Je passe dans l'arrière-salle pendant que trois membres de la famille reconfigurent l'espace pour les besoins de l'opération. Léandros a enfilé une blouse propre. Il aiguise à présent ses ciseaux et son rasoir.

— Je fais comme d'habitude ? demande-t-il.

— Évidemment.

Je m'installe sur une chaise basse. Léandros n'est pas très grand.

— Vous avez réfléchi à ce que je vous disais la dernière fois, demande encore le gamin.

— Couper la queue de cheval ?

— Oui.

— Mais pourquoi ?

— Ça vous dégagerait la nuque. Vous avez une grande nuque, c'est dommage qu'elle se voie pas.

— Tu crois vraiment ?

— Moi, je dis ça pour vous, Monsieur Niazz. C'est vous qui voyez.

Cette queue de cheval, ça fait plus de dix ans que je l'ai. Elle fait trente centimètres. Au lycée, je me suis fait chambrer à cause d'elle et j'ai parfois dû la négocier à coups de poing.

— Vous avez les cheveux drus, Monsieur Niazz. Je pourrais vous faire une brosse longue sur le devant, là, et un dégradé sur les tempes. Je suis sûr que vous auriez de l'allure.

— OK.

— Hein ?

— OK, vas-y. T'as l'air de savoir de quoi tu parles.

— Bon… Vous êtes sûr ?

— Vas-y, mon gars. Dans tous les cas, j'y survivrai.

Léandros s'active d'un seul coup, comme s'il avait peur que je change d'avis. Mes cheveux s'envolent dans tous les sens, un vrai génocide.

— Fais ça proprement, gamin ! T'en mets partout ! La dernière fois, tu n'en as pas fait tomber autant sur mon ventre.

— La dernière fois, vous aviez moins de ventre, répond-il sans se dégonfler.

Son frère, occupé à balayer les cheveux, explose de rire. Je laisse faire.

Il n'y a pas de miroir face à moi. Quand Léandros prend son rasoir pour me faire la barbe, je ne sais toujours pas à quoi ressemble ma tête. Je tente le tout pour le tout :

— Enlève la moustache.

— Quoi ?

— T'as bien entendu. Fais-le !

Il attaque aussitôt la forêt vierge qui occupait ma lèvre supérieure. Je vais me sentir complètement nu en sortant de là. Je ne sais pas ce qui m'a pris.

Le Grec entre dans l'arrière-salle au moment précis où son fils termine, à croire qu'il suivait l'opération de loin. Il se plante face à moi et me dévisage avec une grimace indéchiffrable.

— Est-ce qu'on se connaît ? me demande-t-il. Vous me rappelez quelqu'un, mais je ne sais pas qui.

— C'est bon, lui dis-je. T'es pas obligé de te foutre de moi.

— T'es beau comme un camion. Ça te va bien.

— Y'a intérêt. C'est une idée de ton fils.

Le gamin sourit fièrement. Dans le fond de sa prunelle, je décèle quand même une lueur d'inquiétude.

— Vous voulez un miroir ? demande-t-il.

— Non, laisse-moi mes illusions.

Je lui file un billet de vingt. Il a eu du cran, il l'a mérité, quel que soit le résultat.

Onze heures déjà. En sortant, je flâne d'une rue à l'autre, le temps de trouver un taxi qui me dépose au ThaïMarket afin d'y rencontrer Page. J'attends une bonne heure dans le restaurant tout en dégustant, une seconde fois, les spécialités de la maison. Rien que du culinaire, cette fois. Pas de matraque ni de cave au menu, c'est tant mieux. Et le gros patron se garde bien de venir me saluer. Ce qui est moins bien, c'est l'absence de Page. Soit Anun ne lui a pas communiqué ma proposition, soit il l'a dédaignée.

Il y a bien une troisième possibilité, que je répugne à envisager. Celle que le danger lui soit tombé dessus pour de bon et que mon job soit fini.

En guise de dessert, la jolie serveuse m'apporte des letchis au goût métallique qui sortent tout droit d'une boîte importée. Pas terrible. Depuis le début du repas, elle me fait de gentils sourires, comme s'il ne s'était rien passé la veille. À moins qu'elle ne m'ait pas reconnu. Ça serait quand même un peu fort. Quand je lui demande si elle sait où est mon chapeau, elle ouvre de grands yeux étonnés.

Je me rince la bouche avec un café et sors de là.

Je planque deux heures à l'angle de la rue. Sans résultat. Je me sens vide et inutile. Quelque chose me dit que je perds mon temps. Anun a dû dire au cousin que j'avais repéré sa planque, et il préfère jouer profil bas. Je me sens bientôt incapable de rester là plus longtemps. Peut-être que la clé de ma patience légendaire était planquée dans ma queue de cheval et que je viens bêtement de la perdre en me faisant tondre.

Mes pieds avancent tout seuls et je m'engage dans Stafford Street. Le cinéma Chauvel n'est qu'à quelques centaines de mètres et je sais qu'ils ont programmé une rétrospective de Polanski ce mois-ci. En marchant vite, je peux encore me glisser dans la salle pour la séance de quinze heures trente. Je ne devrais pas, pas en pleine enquête, mais on a chacun ses vices, et les miens ne sont peut-être pas les pires. Il faut que je m'occupe, que j'empêche mes pieds de continuer à bouger, sinon je sais où ils vont m'emmener et je n'ai rien pour justifier ça. Après mes idioties d'hier soir, si je retourne gratter à la porte de Jennifer, elle va porter plainte pour harcèlement.

Je sors du cinéma avec la tête pleine d'aventures de pirates. Je viens juste de rentrer chez moi quand on frappe à la porte.

— Bonsoir, Monsieur, je… Nom de Dieu ! C'est toi, Niazz ? Je ne t'avais pas reconnu !

— Salut, Burnett.

— C'est dingue ! Qu'est-ce qui t'est arrivé ? Tu t'es fait agresser par un coiffeur psychopathe ?

— Entre, je t'en prie.

Pendant qu'on s'installe dans le salon, Burnett continue de me dévisager avec des yeux gros comme des enjoliveurs. Il commence à me fatiguer.

— Tu bois quelque chose ?

— Heu… une vodka-orange, si tu as.

Pendant que je joue le barman, il va se coller dans l'angle d'une fenêtre qui donne sur la rue et soulève le rideau.

— Regarde, elle est là.

— Qui ça ?

— La gamine, là-bas, à côté de la voiture rouge. Elle ne me lâche pas, c'est un cauchemar.

— Viens t'asseoir et oublie ça un moment.

Burnett n'est pas fanatique de musique, mais je me dis qu'il ne détestera pas un petit Egberto Gismonti ou un Ralph Towner. J'opte pour *Sol do méio dia*. On y entend les deux.

— Je crois que j'ai ce qu'il te faut, me dit-il. J'ai eu de la chance. Comme je te le disais, j'ai des contacts à Chinatown. J'ai pu rapidement cerner ton bonhomme.

— On t'a quand même pas donné son adresse et son numéro de téléphone sur simple demande !

— Non, bien sûr. Mais j'ai appris qu'un Blanc venait régulièrement rencontrer un « cousin » dans une des rues perpendiculaires à Dixon Street, au niveau de la cabine publique. Tu m'avais dit que Parkinson venait d'embaucher ton Thaïlandais, mais tu avais tort. Pour ce que j'en sais, les deux gars travaillent ensemble depuis un sacré bout de temps. J'ai pêché d'autres détails à gauche et à droite. J'ai finalement appris que le Blanc conduisait une Oldsmobile récente.

— Alors t'as couru chez le concessionnaire pour avoir les noms et adresses des vingt derniers acheteurs d'Oldsmobile.

— Pas chez le concessionnaire. J'ai un pote qui travaille dans un des bureaux de la police centrale. Avec le nom de Parkinson et la description de la voiture, il a mis la main sur une fiche. Je tablais sur le fait que l'Oldsmobile appartenait à ton gars. J'ai vu juste, heureusement.

— Mais tu n'as plus ta carte de détective…

— L'amitié ne s'arrête pas à ce genre de détail. Mon pote m'a donné une copie de la fiche.

Burnett sort une feuille pliée de sa poche et la pose sur la table du salon.

— Bien joué, Burnett. Bonnes relations, travail vite fait, mon affaire avance d'un grand pas. Ton verre est vide. Attends une seconde.

Pendant que je retourne chercher des munitions dans la cuisine, Burnett se met à me lister les informations qu'il a glanées. Il crie pour que je l'entende et ça couvre complètement la musique.

— C'est pas vraiment un gangster, ton bonhomme. Ou alors, il est assez malin pour ne pas se faire attraper. Il a été arrêté plusieurs fois pour vol et pour recel, quand il était plus jeune. Il a volé une voiture il y a quatre ans, et ça lui a valu six mois de prison. Mais y'a rien de bien méchant. Depuis, il a l'air de s'être rangé : plus de citation dans quoi que ce soit, ni à la criminelle ni aux stupéfiants. On dirait qu'il se paye une nouvelle conduite. Ça n'empêche pas les flics de le suivre de près. Il a un profil intéressant. Et le problème, tu vois, c'est qu'il a l'air d'avoir pas mal de pognon. On peut se demander d'où ça sort. Sa bagnole, c'est quand même pas de la gnognote. Et c'est pas tout : figure-toi que Monsieur est propriétaire d'une villa du côté de Point Seymour. Avec vue sur mer. La grande classe !

Je me rassois face à Burnett, après lui avoir rendu son verre.

— Ha ! fait-il en sursautant.

— Quoi, qu'est-ce qu'il y a ?

— Excuse-moi, je suis pas encore habitué à ton nouveau look. Ça me fait bizarre à chaque fois que je te regarde.

— D'où sort son argent ? dis-je. Je suppose qu'ils ont regardé ses déclarations fiscales. Qu'est-ce que ça raconte ?

— Rien de répréhensible, a priori. Il a fondé une agence de démarchage et de vente par correspondance. Apparemment, ça roule pour lui. Matériel de bureau et depuis peu, électroménager et informatique. Il arrose le Queensland et le Northern Territory.

— Et sa comptabilité ?

— Pour examiner les livres d'une société privée, il faut l'autorisation d'un juge d'instruction, et pour obtenir cette autorisation, il faut un début d'enquête. Comme il n'y a rien de cet ordre, on n'en sait pas plus pour le moment.

— Quelque chose me tracasse… Pourquoi la police centrale garde-t-elle une fiche sur Parkinson? C'est un petit calibre comme il y en a des milliers, rien que dans cette ville. Pourquoi aller vérifier ses revenus, pourquoi repérer la plaque minéralogique et la marque de sa dernière voiture? Il a purgé sa peine, alors pourquoi s'acharner sur lui?

— À cause de ses fréquentations pendant qu'il était en prison.

Je me lève pour couper la musique. J'avais oublié que Burnett parlait si fort. Sa voix couvre Gismonti et ça me fait mal au cœur. Je préfère arrêter le massacre.

— Vas-y, raconte, dis-je en me rasseyant.

— Les gars que Parkinson a croisés en taule, c'est des vrais méchants. Deux d'entre eux, surtout : Wilson et Quatermaine. C'est du lourd. Ils purgeaient une peine de deux ans pour tentative de racket, mais on les soupçonne d'appartenir à une sorte d'organisation criminelle. Les flics n'ont pas réussi à les serrer pour meurtre, mais ils pensent qu'ils sont impliqués dans plusieurs exécutions. Bon… tu sais ce que c'est : les preuves, c'est jamais facile à obtenir.

— Une «sorte d'organisation criminelle»? Ça veut dire quoi?

— J'en sais pas plus.

— Pour en revenir à Parkinson, peut-être qu'il avait juste des passions communes avec tes loustics.

Je sais pas… la collection de timbres ou le dressage de puces.

— Possible. En tout cas, ils ont continué à partager ces passions après leur sortie de prison. Wilson lui a rendu visite deux fois l'année suivante. Et pour Quatermaine, ça dure depuis cette époque, presqu'une fois par mois. Tu m'as demandé pourquoi le service avait gardé un œil sur Parkinson, je te réponds. La police se dit que les trois gars sont peut-être associés et qu'ils blanchissent leurs revenus avec l'agence commerciale de Parkinson.

Je me lève et me poste à la fenêtre. La gamine est toujours là. Elle me voit et me fait signe.

— Ça ne me plaît pas du tout. Pas du tout, dis-je.

— Je comprends, dit Burnett. Cette fois, c'est pas une simple affaire de cocu. Je sais pas ce que ton client vient faire dans l'histoire, mais il a intérêt à faire gaffe.

— Ton pote, celui qui bosse dans la police, il est à quel niveau ?

— Oh, oh, Niazz ! Excuse-moi, mais je garde ça pour moi, si tu veux bien.

— Bien sûr, bien sûr. Je comprends. Avec tout ça, il t'a filé l'adresse actuelle de Parkinson ?

— Ouais, et mieux que ça : j'ai le nom et l'adresse du bar où il passe une grande partie de ses nuits, trois jours sur quatre.

Burnett regarde son verre vide avec ostentation. Je le ressers et extrais une petite liasse de billets de ma poche.

— Tiens, tu les as bien mérités. Tu t'en es sorti comme un champion. Faudra que tu me fasses une facture.

— Je peux pas, Niazz, tu sais bien… J'ai plus de statut. Je rebosse pour toi quand tu voudras, mais faut pas me demander de facture.

Un choc retentit contre la fenêtre. On se regarde tous les deux, intrigués. Un deuxième choc, plus fort, fait résonner la vitre. Je vais voir. La gamine est plantée au milieu de la rue. C'est elle qui nous lance des graviers.

— Elle me harcèle, Niazz. Elle me fout les jetons. Je ne sais plus quoi faire, dit Burnett.

— T'as quelque chose de prévu, demain ?

— Non.

— Alors je veux bien que tu remettes le couvert à propos d'un autre gars.

Je lui donne la photo du cousin et lui note l'adresse d'Anun et celle du ThaïMarket.

— Le gars s'appelle Steve Page. Il a disparu depuis une dizaine de jours, mais je crois savoir qu'il se planque dans le sous-sol du ThaïMarket. Je voudrais que tu te mettes à l'affut là-bas, un petit moment. Je veux savoir ce qu'il fait de ses journées, qui il rencontre et tout le bazar habituel.

— Je ferai de mon mieux.

— Je n'en doute pas.

Burnett achève son verre sans la moindre pitié et se dirige vers la porte, l'air soucieux. Je contemple ma bouteille de vodka d'un air triste. Elle est presque sèche. Va falloir que j'ajoute ça à mes faux frais.

Juste avant de sortir, Burnett se retourne.

— Hé, Niazz, tu t'es déjà intéressé à l'herméneutique structurale ?

— Non.

Je me dis que cette histoire de harcèlement est en train de lui faire péter les plombs.

— Tu devrais lire Oevermann, ajoute-t-il. Ça nourrit l'esprit.

— J'y manquerai pas.

— Et préviens-moi, la prochaine fois que tu changes de look. J'ai failli avoir un arrêt cardiaque.

— J'y penserai.

Huit heures et quart. Je lui ai tenu le crachoir pendant plus d'une heure. Maintenant, j'ai faim. Et le frigo est vide, comme d'habitude.

Chapitre sept

Le Grec a une sorte de sursaut apeuré en me voyant arriver. Mais il se rattrape vite fait et me fait un grand sourire.

— Salut, Niazz. Content de te revoir.

— Je vais finir par déménager chez toi. Ce sera plus simple.

— Je peux te trouver un lit. Tu seras bienvenu.

— J'ai une faim de loup, Gallis. Alors si madame Gyannakis veut bien me servir un petit quelque chose, je me sens prêt à dévorer un mouton entier.

— Les loups ont toujours été bien nourris dans mon pays, en hiver comme en été. Madame Gyannakis va s'occuper de toi.

— J'en suis ravi. Quoi de neuf, depuis ce matin ?

— La routine, Niazz. C'était une bonne journée, comme toutes les autres, grâce au Seigneur. Tu as vu le match avec les Américains ?

— Seulement la deuxième mi-temps. J'ai raté le début.

Il me lance un regard réprobateur et reprend :

— Tu sais que les Grecs sont champions d'Europe ? Ils ont battu l'URSS en finale, d'un point, après les prolongations. Ça t'en bouche un coin, pas vrai ?

Il triomphe, l'ami Gallis.

— Ils ont battu les Yougoslaves en demi-finale ! Formidable, non ? Ça vaut bien un petit verre d'ouzo… Allez ! je te l'offre.

— Avec joie, Gallis. Il fait toujours un peu soif à cette heure-ci.

Les Grecs, vainqueurs ? J'ai du mal à le croire. En fait, j'ai carrément un doute. Je les imagine mal battre les Russes et les Yougoslaves en un week-end. Peut-être que Gallis cherchait seulement un prétexte pour m'offrir un verre. C'est pas de refus.

Le Grec revient avec la bouteille.

— Tu sais, Niazz, pour moi, c'est une sorte de revanche vis-à-vis de l'histoire. Je crois qu'on l'a bien méritée, cette victoire !

Je n'irai pas le contredire. On boit trois verres à la suite. Ça me réchauffe le cœur, en attendant que le bon plat préparé par sa femme me réchauffe le corps.

Je pense à ce que Burnett m'a appris. J'y trouve plusieurs raisons d'aller chez Parkinson. J'ai noté son adresse sur un carnet qui ne me quitte jamais. C'est à Point Seymour, dans un quartier bourgeois, de ce côté du pont. J'ai aussi l'adresse du bar qu'il est censé fréquenter. Après ce repas, je le trouverai peut-être là-bas. J'ai une longueur d'avance : Parkinson ne me connaît pas. Quant à moi, je m'en fais une idée à partir de la description qui figure sur sa fiche de police. Je n'aurai pas besoin de me dissimuler. Je pourrai boire un verre à quelques pas de lui, et peut-être apprendre quelque chose. Je n'ai rien à perdre et ça meublera mon insomnie.

Madame Gyannakis interrompt mes réflexions laborieuses avec un grand plat de moussaka. Son mari avance une chaise et attrape un couvert sur une autre table.

— Ça ne t'embête pas si je me joins à toi? demande-t-il.

— Bien au contraire, Gallis. Ça n'en sera que meilleur.

J'aime bien quand ça se passe comme ça.

Le bar de Parkinson s'appelle le *Smiling Yellow Cat*. L'enseigne lumineuse, posée sur le trottoir de la rue principale, se termine par une flèche clignotante invitant les curieux à se faufiler dans un passage étroit. Un chat jaune qui rigole… y'a de quoi intriguer.

Celui qui veut découvrir l'animal de foire n'a qu'à faire une vingtaine de pas dans la ruelle avant de tomber sur une porte en bois massif — sûrement du pin Douglas bon marché — gardée par une hôtesse en jupette qui lui sort un boniment et lui offre un sourire langoureux. Pour éviter que le curieux ne se prenne pour un chevalier blanc et enlève la demoiselle sur son destrier fougueux, la belle est doublée d'un balaise qui lui sert de garde du corps. Le piège est parfait. Le curieux n'a plus le choix : il franchit le seuil. Dans la pénombre qui l'accueille, sur sa droite, le bar est à deux pas. Un bar magnifique avec pas moins de soixante bouteilles qui chatoient dans la lumière tamisée et l'appellent en silence : « videz-moi, videz-moi ». Le piège se referme dans un bruit feutré.

Je me dirige vers une table située au fond. Ça me permet d'embrasser la salle d'un coup d'œil. Une fois assis, pour commencer, je m'offre un cognac. Je ne doute pas de reconnaître Parkinson s'il se pointe. Il doit venir, il viendra. Je resterai à cette table jusqu'à la fermeture s'il le faut, mais je le verrai. Il est temps de ressusciter la patience qui m'a valu ma place dans l'agence.

La salle est assez remplie, sans qu'on puisse parler de cohue. Des couples et des petits groupes bigarrés, issus de tous les milieux sociaux. Au bar, quatre ou cinq personnes, dont deux solitaires. Un public parfaitement banal pour un endroit comme celui-là. Sauf erreur, mon chat jaune n'est pas encore là.

Déjà une demi-heure que je me suis posé. Six personnes, au moins, sont sorties et autant sont entrées. Parmi elles, deux hommes sont en train d'attirer mon attention. L'un d'eux a le physique un peu lourd et une bonne tête de provincial. À peine arrivé, il s'est dirigé vers une porte à côté du bar et l'a ouverte sans rien demander à personne. Ce ne sont pourtant pas les toilettes. Il en ressort trois minutes plus tard et, sans un regard pour le barman, attrape négligemment une bouteille sur une étagère avant de rejoindre son compagnon à l'autre bout du bar. Au passage, il salue un quidam d'un petit signe de la main. Son profil correspond, je suis convaincu que ce gars est Parkinson, mon chat jaune, même s'il ne semble pas du genre à se marrer souvent. Je commande un autre verre et observe ma proie.

Plusieurs allées et venues entre le bar et l'arrière-salle.

Des signes discrets de la main ou de la tête à des connaissances.

Il boit peu, parle peu, et écoute le plus souvent ce que l'autre lui raconte.

Apparemment, la conversation n'a rien de sérieux. Ils sont là pour tuer le temps, c'est tout. Le barman apporte le téléphone à Parkinson qui refuse la communication. Sa nonchalance ne l'empêche pas de rester attentif à certains détails. Il dévisage chaque personne qui entre dans la salle.

Lorsque son compagnon quitte le bar, quelqu'un de la salle le rejoint aussitôt. Cette fois, la conversation est un peu plus tendue. Je note que Parkinson boit, mais que l'autre n'a pas apporté son verre, et qu'il ne commande rien pour se dépanner. Au bout de quelques minutes, le nouveau venu retourne dans la salle d'un pas furieux, attrape sa veste sur le dossier d'une chaise et s'en va en faisant la gueule. Parkinson ne semble pas particulièrement affecté. Son premier compagnon le rejoint au bar et la conversation reprend sur un ton paisible.

Sur le coup de minuit, j'en suis à mon quatrième verre et je commence à sentir l'effet du cognac qui se cumule à celui de l'ouzo du Grec. À force de contempler le ballet hypnotique des entrants et sortants, une douce torpeur s'est emparée de moi. C'est le problème avec mes insomnies : la fatigue peut me tomber dessus à n'importe quel moment. J'ai glissé dans une sorte de rêverie. Il me semble voir la silhouette de Jennifer sur le seuil de la salle. C'est absurde ! La dernière fois que je me suis entiché d'une fille au point de la voir partout, j'étais au collège et ça n'a débouché sur rien, pas même sur un baiser. Des rêves, seulement des rêves obsédants, douloureux, à force d'être intenses. Et puis un jour, le vide, un gouffre insondable, un trou dans le ventre, quand j'ai réalisé qu'elle ne m'avait jamais regardé, qu'elle ne s'intéressait pas à moi, que je n'existais pas pour elle, contrairement à Allan Payne, le beau gosse friqué de dernière année qu'elle buvait des yeux. Je ne peux pas croire que je suis tombé dans un traquenard du même genre, quinze ans plus tard. Et pourtant, je continue de fixer la taille souple qui se balance depuis l'entrée. Même délicatesse, même grâce innocente, même inquiétude dans les yeux…

Je cligne des yeux. Bon sang ! C'est bien Jennifer !

Me voilà paralysé. Je voudrais bouger, prendre mon verre et tourner la tête, mais rien n'y fait, mon corps est tétanisé. Que fait-elle ici, dans le quartier général de Parkinson ?

Elle jette un coup d'œil panoramique. Au passage, son regard croise rapidement le mien, mais elle ne me calcule pas et continue son exploration. Elle porte une robe qui dégage ses épaules et met en valeur son long cou, orné d'une parure éclatante. Sublime à mourir ! Tous les hommes présents la dévorent des yeux, mais elle se dirige vers le bar sans leur prêter attention. Pas de doute, c'est Parkinson qui l'intéresse. Quand elle le rejoint, il l'attrape aussitôt par le bras et la conduit vers une table, à quelques mètres de moi. Jennifer ne peut pas me voir, elle me tourne le dos.

Ils sont trop éloignés pour que je puisse entendre leur conversation, mis à part quelques mots par-ci, par-là qui ne m'apprennent rien. Ça me contrarie. Ils parlent ainsi un long moment. Jennifer n'a pas commandé de boisson et Parkinson ne touche pas à son verre. Les expressions de l'homme sont dures, tranchantes, et la posture rigide de Jennifer me laisse deviner que la conversation est pénible pour elle. Par moment, elle se saisit la tête entre les mains, visiblement abattue par ce que l'autre lui raconte. Alors, il lui prend le coude comme il l'a fait pour la conduire à cette table, puis relance son baratin avec vigueur. Elle lutte. Comme une proie pourchassée, elle tente des échappées, se dégage, se redresse avec courage. Mais le tigre est sûr de son coup. Il anticipe chaque mouvement et s'économise. Il avance à petits pas, l'accule, balaye les protections qu'elle tente de mettre en place. Elle finit par hocher la tête, ou par la balancer lentement en signe d'hésitation. Je devine que Parkinson n'est jamais franchement violent, mais qu'il parle avec une effroyable autorité. Il est sûr de son emprise, morale et physique, et en use sans se priver. L'issue du combat ne laisse pas de doute.

Je me lève et me rapproche de leur table avec lenteur, l'air de chercher mon chemin. À trois mètres, je me baisse pour renouer les lacets de ma chaussure. Je suis toujours dans le dos de Jennifer et Parkinson semble trop absorbé par son discours pour m'accorder de l'attention. Malgré ma proximité, je ne parviens pas à distinguer les paroles qu'il prononce d'un ton sourd.

— Mais pourquoi? demande Jennifer.

La réponse de Parkinson est indistincte.

— Mais je ne l'ai pas revu depuis longtemps ! dit Jennifer.

— …

— Comment veux-tu ? Je ne sais plus où il habite, je ne connais pas ses habitudes.

Elle baisse le ton, mais sa voix claire me parvient quand même.

— Il a toujours été si secret avec moi, même lorsque nous vivions ensemble. J'aurais aimé rencontrer ses amis. Il refusait tout, il refusait toujours, il s'éloignait de moi un peu plus chaque jour ! Je ne sais rien, je ne sais plus rien de lui, alors, comment veux-tu…

Le reste de la phrase ne me parvient pas. Mais cette fois, j'entends la réponse de Parkinson, qu'il prononce avec fermeté :

— Préviens-moi dès qu'il te contactera.

— S'il le fait.

— Il le fera, j'en suis certain.

Après un court silence, j'entends encore Parkinson :

— Ne commets pas d'erreur, Jennifer.

Je ne peux pas rester indéfiniment dans ma position. Je me relève en titubant, comme si j'avais abusé de l'alcool et je vais au bar d'un pas incertain pour régler l'addition. Je suis convaincu d'avoir assisté à la conclusion de la discussion. Jennifer ne va pas tarder à lever le camp. Je peux rester et continuer à observer le sieur William Parkinson jusqu'à la fin de la nuit. Je peux aussi emboîter le pas de ma cliente et lui demander des explications sur ses mensonges et ses peurs. Entre les deux options, mon cœur ne balance pas longtemps. Je suis certain qu'ils ont parlé de Steve Page et je dois savoir ce qui s'est dit.

Elle sera obligée de me répondre, elle sera obligée de me parler.

Mais non.

Elle me dira qu'elle est libre de faire ce que bon lui semble et de rencontrer qui elle veut. Elle me dira que je me suis trompé de mission, qu'elle n'est pas en danger, qu'elle me paye pour protéger son cousin, et seulement lui. Elle menacera de me retirer l'affaire. Je resterai silencieux et stupide. Alors, elle me tournera le dos et disparaîtra dans la nuit, et je regarderai encore une fois passer les heures jusqu'à ce que le soleil se lève.

À ce point de ma réflexion, Jennifer et Parkinson sont rejoints par deux hommes. Après un échange de quelques mots, Parkinson se penche vers sa proie vaincue et lui parle à l'oreille. Elle prend son sac et s'en va, sans un regard en arrière.

Je patiente un petit moment avant de m'éclipser à sa suite. Je ne veux pas courir le moindre risque d'être repéré et je continue ma comédie de l'homme ivre. Au moment où je sors en titubant de la ruelle, je la vois s'engouffrer dans un taxi de l'autre côté de la rue principale. La voiture démarre aussitôt et se perd dans la nuit. Qu'importe, je sais où elle va. Quelques minutes plus tard, un autre taxi se gare sous l'enseigne clinquante du *Smiling Yellow Cat*. Je m'y installe et lui donne l'adresse de Jennifer.

Ma mâchoire et mes épaules me font mal. Je réalise que je suis tendu comme un câble de pont. Le spectacle de ce type imposant sa volonté à Jennifer m'a mis les nerfs à vif. Je me sens à la traîne. Le carrosse avance, emportant ma princesse vers le gouffre, et moi, je patauge dans le fumier.

Les caprices des embouteillages ont rapproché nos deux voitures. Mon taxi est en train de se garer lorsque Jennifer franchit le seuil de son immeuble. Je règle ma course et prends le même chemin.

Chapitre huit

Je sonne à la porte de Jennifer. Je l'entends qui soulève l'œilleton.

— Que voulez-vous ? dit-elle.

— Nous devons parler.

— Sûrement pas. Allez-vous-en.

— Jennifer, je vous en prie.

— Je ne... Oh ! c'est vous, Saric ?

La porte s'ouvre sur sa mine ahurie. J'avais oublié l'histoire de ma nouvelle coupe et de ma moustache envolée.

— Mais qu'est-ce qui vous... Peu importe. Ne restons pas sur le palier. Vous m'expliquerez peut-être comment vous vous retrouvez chez moi quelques secondes après mon arrivée. À cette heure !

— Eh bien, j'étais...

— Asseyez-vous.

Elle reste elle-même debout, perdue dans ses pensées, pendant que je m'installe. J'ai l'impression qu'elle a presque oublié ma présence. Puis elle se ressaisit, me lance un regard qui me transperce et file d'un seul coup vers le vaisselier.

Elle saisit des verres qui s'entrechoquent. Ses mains tremblent. Je me relève et viens à son secours.

— Permettez-moi.

Je lui prends les verres. Mon cœur balance à contretemps lorsque nos doigts s'effleurent.

— Merci de m'avoir laissé entrer. Vous n'étiez pas obligée de me recevoir.

Elle explore la réserve d'alcool et en sort une bouteille de whisky.

— C'était vous, n'est-ce pas ? dit-elle.

— Pardon ?

— C'était vous, au *Smiling Yellow Cat* ! Votre silhouette m'était familière mais, avec votre nouveau look… je me suis dit que je me trompais.

— Eh bien…

Elle explose d'un seul coup :

— Vous m'avez suivie !

— Non ! Je n'y étais pas pour vous.

— Pour qui, alors ? Pour qui y étiez-vous, si vous ne me suiviez pas ?

— Je m'intéresse à Parkinson.

Elle se trouble et ne cherche pas à le cacher. Puis elle contre-attaque sans agressivité, elle sait que je me bats dans son camp.

— Je ne vois pas le rapport entre cet homme et le travail que je vous ai demandé de faire. C'est mon cousin que vous devez protéger, pas moi.

— J'ai suivi une piste.

De là où je suis, le parfum de ses cheveux m'envahit. Je reprends d'un ton las :

— Je vous ai vue avec lui. J'ai même entendu une partie de votre conversation. Il faut que vous m'expliquiez. J'ai besoin de votre aide.

Elle reste un moment à fixer le sol, puis ses épaules s'affaissent. Elle se met à pleurer. Elle est à bout de nerfs.

— Venez, lui dis-je.

De ma main libre, je la guide jusqu'au canapé où elle finit par s'asseoir. Elle pleure encore. Je lui laisse le temps d'évacuer sa tension et lui propose mon mouchoir.

— Pardonnez-moi, chuchote-t-elle en l'acceptant.

Elle reste prostrée un bon moment, puis relève enfin le visage. Son rimmel a commencé à fondre. Je lui reprends le mouchoir et gomme doucement les traînées noires qui maculent ses pommettes. Elle me laisse faire. Je rêve depuis longtemps d'effacer son masque de perfection pour découvrir ce qui se cache en-dessous. Mais ça n'y suffira pas.

— Vous devez m'aider à comprendre, lui dis-je.

Lorsque je lui rends le mouchoir, elle saisit ma main et la serre entre les siennes.

— Merci d'être là.

Elle tremble toujours. Les émotions défilent en vagues sur son visage.

— Parlez-moi de Parkinson.

— Nous avons été amants, je pense que vous l'avez compris.

— Quand ça ?

— Il y a longtemps, mais c'est… compliqué.

— Racontez-moi.

— Il a quelque chose de magnétique. Quelque chose d'animal, de dangereux. Ça m'a fascinée. Je ne peux pas expliquer ça. J'ai eu l'impression d'être emportée par une tornade. C'était intense et douloureux. Ça a toujours été douloureux. Mais je croyais qu'il m'aimait, et…

Son regard s'évade un instant vers le plafond. Elle se mouche énergiquement. Même ça, elle le fait avec élégance.

Je remplis nos verres.

— Au début, j'ai fait ce que j'ai pu pour garder la tête hors de l'eau. Mais ça devenait de plus en plus difficile. Ça m'engloutissait complètement. On se disputait tout le temps. Il me frappait parfois, et puis il revenait vers moi avec une tendresse incroyable… Quand on était ensemble, j'étouffais, et quand il s'éloignait, je suffoquais. J'ai perdu toute volonté, j'ai perdu tout ce qui avait de l'importance dans ma vie, j'ai perdu l'estime de moi-même. Ça m'a complètement détruite.

Elle porte le verre à ses lèvres. J'essaye d'imaginer le gouffre au bord duquel elle a marché.

— Ce n'est pas moi qu'il aimait, c'était ma faiblesse. C'était le pouvoir qu'il exerçait sur moi.

Son expression s'est durcie.

— Je ne sais pas où j'ai trouvé la force de m'enfuir. Il était venu vivre chez moi, je ne savais plus comment m'en sortir. Un matin, j'ai fait mes valises et je suis montée dans ma voiture. Je suis partie droit devant et je me suis retrouvée à la ferme de mon oncle. J'avais des bleus sur tout le corps. Il ne m'a pas posé de question. Il a pris soin de moi. Il m'a sauvée.

Elle se remet à pleurer. Je sens que ça l'apaise et j'attends en silence. Je regarde l'appartement d'un œil nouveau. Parkinson a vécu là quelque temps. Ce salopard a marché dans ce décor magnifique, il s'est sans doute assis à l'endroit même où je suis en ce moment. Il a bu dans le verre que je tiens en main.

— Je suis restée un mois chez mon oncle, reprend Jennifer. J'avais besoin de me reconstruire. J'ai prévenu mon patron. Il a été compréhensif. Je n'arrivais plus à dormir, je n'avais plus goût à rien. J'étais en manque, c'était terrible… j'étais en manque de souffrance, en manque de violence. Une folie !

— Je comprends.

C'est un mensonge énorme. J'ai toujours été trop prudent, trop timoré pour me lancer dans une aventure ressemblant de près ou de loin à celle que me décrit Jennifer. La seule personne capable de m'inspirer des sentiments aussi puissants est celle qui se tient en ce moment face à moi. Et je me suis contenté de lui serrer gentiment les mains pour la réconforter.

— Quand je m'en suis sentie capable, dit-elle, je suis revenue ici. Je m'attendais au pire. Je ne savais pas si j'aurais la force de lui tenir tête, mais je savais que je devais essayer. Mais il était parti. Il n'avait rien laissé de lui dans l'appartement. On aurait pu croire qu'il n'avait jamais été là. J'aurais dû être soulagée, bien sûr. Je crois que je l'ai été… et en même temps, ça m'a… enfin, peu importe, j'ai fini par m'en sortir. J'ai recommencé à travailler. J'ai essayé d'oublier. Je me suis battue de toutes mes forces. J'ai essayé de laver la colère que j'éprouvais envers moi-même.

Une veine palpite juste au-dessus de sa clavicule fragile. Mon regard glisse sur la parure de brillants qui orne son décolleté, puis sur les taches de rousseur qui parsèment la vallée de ses seins.

— Il y a une semaine, William est revenu. Il avait gardé les clés. Je l'ai trouvé assis là, en rentrant du travail. J'ai eu tellement peur que j'ai cru en mourir. C'est bien, la peur, quelquefois… je crois que c'est ce qui m'a sauvée. J'étais tellement terrifiée que je n'arrivais pas à comprendre ce qu'il voulait. Il s'est mis en colère et ça n'a rien arrangé. Alors, il s'est calmé, il a essayé d'être doux et de me séduire comme il savait si bien le faire. J'ai réussi à résister. J'avais eu tellement de difficultés à l'oublier ! Il m'a dit qu'il avait besoin de moi. Il voulait joindre mon cousin pour une affaire urgente. Je ne lui avais jamais parlé de Steve, je ne sais pas comment il le connaît. Il avait l'air d'en savoir beaucoup sur lui. Moi, je lui ai dit que je n'avais plus les coordonnées de Steve, que je ne le voyais plus depuis longtemps, que je ne savais même plus comment le joindre. Mais il ne m'a pas crue, il a insisté. Je lui ai promis que je l'appellerais si Steve prenait contact avec moi.

— Et vous êtes venue me voir.

— Oui.

— Pourquoi ne m'avoir pas tout dit ?

— J'avais honte. Et puis, qu'est-ce que ça aurait changé ? La vérité, c'est que je ne sais rien de William. Il s'est toujours montré incroyablement secret. Je ne sais même pas en quoi consiste exactement son travail. Je ne sais pas où il habite aujourd'hui… Il m'a toujours manipulée. Au début, c'est lui qui m'appelait, c'est lui qui passait me voir. Je n'ai eu son numéro de téléphone qu'au bout de deux mois ! Il s'est inséré dans ma vie sans jamais rien me révéler de la sienne. Je sais que ça peut sembler fou, mais je n'ai pas la moindre idée de ce qu'il a vécu avant de me connaître ni de ce qu'il fait à présent. Je n'ai rien à vous apprendre. Je suis tombée amoureuse d'une image sans profondeur.

— À votre avis, pourquoi votre cousin a-t-il disparu ? Sait-il que Parkinson le cherche ?

— Comment voulez-vous que je le sache ? Je l'ai dit à son ami, l'Asiatique, je lui ai dit d'être prudent. Mais je ne sais pas s'ils sont toujours en relation. J'ignore si on peut faire confiance à cet homme, si Steve tiendra compte de mon avertissement. Steve est parfois étrange. Il a toujours aimé jouer avec le feu. Je ne comprends pas comment il peut être si différent de moi, alors que nous avons grandi ensemble ! Je ne peux pas m'empêcher de me sentir responsable de lui. C'est une tête brûlée, il faut toujours qu'il se mette dans des situations difficiles.

— Vous n'y êtes pour rien.

— Je ne sais pas.

— Je vous le dis. Que s'est-il passé ensuite ?

— William m'a rappelée hier après-midi. Cette fois, il n'essayait plus de m'amadouer, il était très brutal. Il m'a dit qu'il enverrait une voiture me chercher et que je ferais mieux de grimper dedans sans discuter. Il a prétendu que je n'avais rien à craindre, mais j'étais terrifiée.

— Vous ne m'avez pas prévenu.

— Non.

— Pourquoi ?

— Monsieur Saric, j'ai énormément de respect pour vous, mais je ne pense pas que vous seriez de taille à vous mesurer à William.

J'encaisse la déclaration sans protester. Ça me fait quand même foutrement mal à l'estomac.

— Les chiens qui aboient ne sont pas les plus dangereux, dis-je.

— Pardonnez-moi, je ne voulais pas vous blesser. J'avais tout simplement trop peur pour prendre le moindre risque. J'ai pensé qu'il n'oserait pas me faire de mal, qu'il n'avait aucune raison pour ça, et que le mieux était de suivre ses instructions à la lettre.

— La voiture vous a conduit au *Smiling Yellow Cat*.

— Oui. Vous connaissez la suite.

— Pas tout à fait. Je n'ai pas entendu tout ce qu'il vous a dit.

— Il a d'abord voulu me convaincre qu'il cherchait à contacter Steve dans son intérêt. Et quand il a vu que je ne mordais pas, il m'a menacée. Il m'a dit qu'il avait les moyens de me rendre la vie difficile. J'ai dit une nouvelle fois que je n'avais plus de contact avec Steve. Il m'a dit qu'il allait me faire suivre et que je ne pourrais rien faire sans qu'il le sache. Je me demande s'il ne me fait pas déjà suivre, depuis un moment… Je suis terrifiée, Niazz. Je croyais avoir échappé à tout ça. Je ne veux pas revivre ce cauchemar… je ne m'en sens pas la force.

Je me garde de lui dire que j'ai surpris Anun dans sa rue. Elle est suffisamment inquiète comme ça. Au passage, je remarque qu'elle m'a appelé par mon prénom. Ça n'arrange rien au maelstrom d'émotions qui me secoue depuis que je suis entré chez elle.

Nous nous regardons en silence. Elle m'a dit tout ce qu'elle savait et je ne suis pas beaucoup plus avancé. La seule chose dont je suis sûr, c'est que j'ai une envie furieuse de broyer Parkinson entre mes poings et de le regarder souffrir pendant des heures. Je veux le gommer, l'effacer de la planète.

Je soulève la main de Jennifer et l'effleure des lèvres. Elle me laisse faire. On partage nos souffles et, après ce qui ressemble à une hésitation, elle m'embrasse longuement sur la joue. C'est doux et c'est chaud. Je sens des larmes couler sur mon visage et je ne sais pas à qui elles appartiennent. Mais je sais ce que son gentil baiser veut dire. J'ai laissé passer ma chance.

Ma voix est étranglée au moment où je la salue.

Je lui promets de la rappeler au matin. Je lui dis de ne pas s'inquiéter, que je ne m'en vais pas pour longtemps, que je vais m'occuper de Parkinson, que tout va s'arranger.

Je sors de l'appartement, descends l'escalier en automate et plonge dans la rue, le cœur fumant et ratatiné comme un steak oublié sur le barbecue.

Chapitre neuf

J'éprouvai une sorte de nausée en refermant la porte de mon appartement. Comparé à l'endroit que je venais de quitter, j'habitais un taudis.

Je m'en voulais. Je m'étais laissé porter par des espoirs ridicules au cours de la soirée. Jennifer était une princesse, et moi, j'étais un crapaud qu'aucun baiser ne transformerait jamais en prince charmant.

Ce fumier de Parkinson n'avait pas eu mes scrupules. Il avait usé de sa force pour prendre possession de Jennifer et en disposer à sa guise. Il l'avait battue, humiliée, manipulée, alors qu'il ne méritait même pas de lui baiser les pieds. Il avait posé ses grosses mains sur sa peau délicate, il avait traîné sa carcasse jusque dans sa vie et son intimité. Jennifer lui avait finalement résisté avec une force admirable. Elle était parvenue à se débarrasser de son emprise, elle s'était reconstruite avec courage. Et voilà que cet animal revenait à la charge et tentait à nouveau de la souiller.

Pour la première fois depuis six ans, je renonçai à travailler ma trompette. Je me couchai tout habillé, vidé de mes forces, et dormis très mal. Ma colère absorbait ma frustration et s'en nourrissait. Au matin, des fleurs de haine avaient éclos sur mes rêves. Je n'avais jamais souhaité la mort d'un homme à ce point. Je voulais le pulvériser.

Installé chez le Grec, je fis l'inventaire de mes moyens d'action. J'en savais encore trop peu. Burnett avait fait du bon boulot, mais ça ne suffisait pas. Il me fallait entrer directement en contact avec le policier qui l'avait rencardé et lui faire cracher jusqu'à la dernière goutte des informations qu'il possédait. Le *Smiling Yellow Cat* était une autre piste que je devais explorer. Je trouverais le moyen d'espionner Parkinson, d'entrer dans les coulisses de sa vie afin de le piéger. Et puis, il y avait Anun, le Thaïlandais. Un vrai mystère, celui-là. Il se prétendait l'ami du cousin Page, mais travaillait en même temps pour Parkinson qui le recherchait.

Je pris la direction de Bligh Street. Cette marche ne fit que m'échauffer le sang. Impossible de profiter de la promenade comme je le faisais en temps normal. Mes pensées revenaient sans arrêt vers Parkinson et les rêves de tortures que j'avais élaborés à son intention. J'étais essoufflé lorsque je poussai la porte de mon bureau.

Mon premier appel, destiné à Burnett, tomba dans le vide. Il aurait pourtant dû être chez lui, il était encore tôt et je savais qu'il n'était pas du genre à se lever aux aurores. Je remis la chose à plus tard et entamai une sorte de déménagement, vidant une partie de la bibliothèque, déplaçant mon canapé et remuant les cartons cachés sous son assise. Je cherchais des accessoires, acquis par feu Cooper, utilisés quatre ans plus tôt dans une affaire d'adultère. Je finis par mettre la main sur une boîte poussiéreuse dont l'allure me rappela quelque chose. Elle contenait un Walkman bricolé et une boule de plastique abritant un micro, une antenne et une paire de piles. C'était un émetteur-récepteur d'une portée de vingt mètres. Le faux Walkman servait de récepteur et permettait d'enregistrer les conversations. La taille de l'émetteur était bien plus importante que dans mon souvenir, et ça me posait un problème.

Je remis l'équipement dans sa boîte et quittai le bureau en direction de Chinatown. J'allais trouver une idée, je le savais, il suffisait que je marche, que je me vide la tête, et ça viendrait tout seul. Je m'arrêtai à l'entrée de George Street et entrai dans une cabine pour rappeler Burnett.

Cette fois fut la bonne.

— Salut champion !

— Niazz ? Tu m'appelles un peu trop tôt, je n'ai pas beaucoup avancé.

— Je t'appelle pour autre chose.

— Tu t'es intéressé à l'herméneutique structurale ? Ça t'a plu ?

— Pas encore. J'ai besoin de creuser ce que tu as déjà obtenu sur Parkinson. Je veux rencontrer le gars qui t'a tuyauté.

Burnett garda un silence outré à l'autre bout du fil. Comme je n'ajoutais rien, il fut tout de même forcé de réagir.

— C'est pas correct, ce que tu fais, Niazz. Si tu m'avais demandé le téléphone de ma petite amie, j'aurais pu accepter. Mais un indicateur, y'a rien de plus secret, y'a rien de plus intime.

— T'as une petite amie ?

— Non.

— Alors, tu ne me laisses pas le choix. Il me faut le numéro de ton flic.

— Je peux pas, Niazz. Il n'était pas censé me donner les infos qu'il m'a communiquées. Tout ça doit rester strictement entre lui et moi. Je peux pas le mettre en porte-à-faux.

— Écoute, Burnett, je te le demanderais pas si c'était pas aussi important pour moi. J'en ai vraiment besoin. J'en ferai pas mauvais usage et je te revaudrai ça, je te le jure.

Et comme je sentais bien qu'il hésitait encore, j'ajoutai :

— Voilà ce que je te propose : tu appelles ton gars et tu lui expliques qui je suis. Tu lui dis que je cherche à faire tomber Parkinson, que je vais mettre le paquet là-dessus, mais que j'ai besoin de son aide pour venir à bout de l'histoire. Demande-lui s'il est d'accord pour me rencontrer. Ça sera gagnant-gagnant.

Après quelques secondes, le silence de Burnett changea doucement de couleur.

— OK, Niazz, je vais le faire pour toi, dit-il enfin.

— Je te remercie, mon pote. Je te rappelle dans une heure. Ça te va ?

— OK.

Je raccrochai et partis en direction de Dixon Street. J'avais déjà fait plus de dix kilomètres à pied depuis le matin, mais j'avançais toujours comme un forcené, sans ressentir la moindre fatigue. Je finis par entrer dans le premier bazar que je trouvai dans Chinatown, à la recherche d'une improbable idée pour planquer l'émetteur-espion.

Mon œil parcourait les outils et accessoires de la boutique sans s'arrêter sur un seul. Mon cerveau fonctionnait en roue libre, pesant, calculant et retournant mes options à toute vitesse, sans prendre la peine de m'informer de tout. Je le laissais faire.

Je faillis passer devant le chat sans le remarquer. C'était un vilain objet en plastique bleu, percé d'un gros trou en son milieu. Dans le trou, un cendrier amovible. L'ensemble représentait Lucifer, la sale bête qui pourchasse les souris de Cendrillon, dans la version de Disney. Le chat arborait un sourire cruel et bougeait la queue de façon mécanique, animé par un moteur électrique dissimulé dans ses entrailles. Je pris le bibelot et le retournai. En soulevant la trappe en plastique qui fermait sa base, je vis une paire de piles qui alimentait le moteur, et un espace qui semblait suffisant pour y loger mon émetteur. Il suffisait de le brancher sur les batteries existantes.

Tout content de ma trouvaille, je pris le chat sous le bras ainsi qu'une bombe de peinture jaune, un feutre indélébile et un journal du jour, avant de passer à la caisse et de sauter dans un taxi. À peine arrivé au bureau, j'ouvris les fenêtres en grand et protégeai le sol à l'aide du journal. Les vapeurs dégagées par la bombe de peinture embaumèrent tout l'étage et sans doute la moitié de la rue, mais le résultat fut au-delà de mes espérances. En rehaussant le sourire de l'animal avec le feutre indélébile, j'obtins un superbe *Smiling Yellow Cat*.

Pendant que la peinture finissait de sécher, je rappelai Burnett.

— Je t'ai obtenu un entretien, me dit-il. Mais pas avec mon contact, qui préfère jouer profil bas. Tu seras reçu par Matthew Bropho. C'est encore mieux, c'est une grosse pointure de la police fédérale.

— Hein ?

— Ta bande de voyous bricole à travers tous les États. C'est normal que les fédéraux s'en mêlent. Apparemment, ils sont un peu sur les dents en ce moment. On dirait que ta proposition est tombée au bon moment.

— Holà ! Tout doux, Burnett ! Je me fous de leurs problèmes ! J'ai assez à faire avec les miens.

— T'avais dit « gagnant-gagnant », Niazz… va falloir que tu écoutes ce qu'ils ont à te demander, si tu veux obtenir quelque chose en retour.

— Qu'est-ce que tu leur as dit, exactement ?

— Que t'étais un teigneux, que t'en avais gros sur le cœur et que t'étais prêt à pousser le bouchon assez loin pour faire tomber Parkinson. Faudra que tu te débrouilles avec ça.

— Bon sang ! Je sais pas si je dois te remercier, Burnett.

— Y'a rien qui presse. Attends de voir comment ça se passe.

— Compris. Je te tiens au courant.

Je raccrochai et composai le numéro qu'il m'avait donné. Je tombai sur une secrétaire qui me cala un rendez-vous en début d'après-midi. Ça m'arrangeait bien.

Cette matinée mouvementée m'avait ouvert l'appétit. Le jeudi, madame Gyannakis préparait toujours des dolmadákias accompagnés de kotópitas. Je ne pouvais pas rater ça.

— Aujourd'hui, Monsieur Saric est en forme, me dit-elle en guise de bienvenue.

— Toujours un mot gentil, Madame Gyannakis. Je vous remercie.

— Est-ce que ça lui a plu?

— Pardon?

— Votre nouvelle coupe de cheveux, est-ce qu'elle a plu à votre amoureuse?

— Heu… je ne sais pas. Je suppose.

— Vous allez la revoir?

— Oui.

— Alors, c'est que ça lui a plu.

Je passai ma commande pour changer de sujet. J'aurais tellement aimé vivre dans le monde de madame Gyannakis! J'aurais pu y jouer de la trompette du matin au soir. Peut-être que ça ne tenait qu'à moi. Peut-être que je plaçais des complications là où il n'y en avait pas. La veille, j'aurais dû me jeter sur Jennifer et l'embrasser à pleine bouche, et ce matin, j'aurais gentiment logé deux balles dans la tête de Parkinson. J'aurais pu le faire. Je savais où il habitait. Ça m'aurait drôlement soulagé. Au lieu de ça, je m'embarquais sur des sentiers tortueux.

Mes cogitations retombèrent lorsque madame Gyannakis posa ses plats devant moi. Je me gavai de kotópitas en oubliant mon petit ventre. On ne peut pas se battre sur tous les fronts à la fois.

Chapitre dix

*B*ropho, le contact de Burnett, me reçut dans un bureau spacieux de Goulburn Street, le fief de la police fédérale australienne. Ça ne rigolait pas. Il m'avait fait attendre un bon moment dans une antichambre au silence feutré, sans doute pour que je comprenne le peu d'intérêt qu'il accordait aux petits détectives de mon genre. Lorsque je posai enfin le pied dans son antre, il me fit le coup classique du gars qui consulte ses notes sans prêter attention au nouveau venu. Je me tins sagement debout en rongeant mon frein. C'était juste une question de patience.

Le bonhomme avait le teint sombre et le nez épaté des Aborigènes. En Australie, les métis ayant réussi à grimper l'échelle sociale étaient plutôt rares. Et ça n'était généralement pas des tendres. Ça s'annonçait serré.

Il daigna enfin lever la tête et m'examina longuement avant de m'inviter à m'approcher d'un signe de tête. Il me confirma son patronyme et je lui confirmai le mien pendant qu'on se serrait la main. C'était la règle dans ce genre de comédie.

— Je vous remercie de me recevoir aussi rapidement, commençai-je poliment.

— Je ne suis pas en train de vous recevoir, Monsieur Saric. Vous n'êtes pas dans mon bureau en ce moment. Cet entretien n'a absolument rien d'officiel et n'aura jamais eu lieu. Vous pouvez quand même vous asseoir.

Ce gars-là aimait visiblement les douches froides. Sauf pour la couleur, il me faisait penser au nazi de *Marathon Man*.

— Commençons par vous, reprit-il. Racontez-moi votre petite histoire en essayant d'être bref.

Je lui déballai mon sac sans tricher sur rien, omettant seulement de citer les noms de Jennifer et de son cousin. Je n'étais pas là pour les compromettre. Bropho m'écouta patiemment sans prendre la moindre note. Soit il avait une mémoire d'éléphant, soit il n'en avait rien à foutre.

Il garda le silence un bon moment après mon dernier mot.

— Qu'est-ce vous attendez de nous? me demanda-t-il enfin.

— Je croyais que c'était clair. Je veux mettre Parkinson hors circuit.

— Vous avez un port d'arme, non? Allez le voir et videz votre chargeur sur lui, ça réglera votre problème. Et tant que vous y êtes, allez buter ses deux copains, Quatermaine et Wilson, vous rendrez service au pays.

— J'ai dû mal entendre, dis-je. Vous êtes sûr que vous êtes de la police ?

— Je ne suis personne, je vous l'ai déjà dit. Nous ne sommes pas en train de discuter ensemble.

— Et vous n'auriez pas un meilleur plan ?

— Je ne sais pas ce que vous espérez de moi. On a mis le paquet pour démanteler leur réseau et on n'a pas avancé d'un pouce. Pour trouver des preuves, il faut creuser en profondeur. Pour creuser, il faut faire des perquisitions et des écoutes téléphoniques. Pour tout ça, on a besoin de mandats, et pour obtenir des mandats, il faut déjà qu'on ait des preuves. Ça se mord la queue, on n'arrive à rien. Ces gars-là sont des malins. Quand ils ont besoin d'intimider un concurrent ou de faire taire un témoin, ils font faire le sale boulot par des indépendants. On n'a jamais réussi à établir des liens. On est empêtrés dans nos règlements. Vous, par contre…

— Quoi ?

— Vous avez les mains beaucoup plus libres, vous n'êtes pas tenu par la hiérarchie.

— Je suis quand même censé respecter la loi, il me semble.

— Mmmh…

— Ça veut dire quoi, « Mmmh » ? Vous vous imaginez que je vais jouer les cowboys, faire un grand nettoyage à coup de pistolet et finir ma vie en taule pendant que vous vous laverez les mains ?

— Ne soyez pas aussi romantique. Ce que je veux dire, c'est que vous pouvez rentrer chez quelqu'un par effraction, vous livrer à des interrogatoires un peu musclés, payer des témoins ou faire des écoutes téléphoniques. Au pire, vous risquez une amende ou une petite réprimande, alors que si un de mes gars s'amuse à ça, il bousille complètement sa carrière. En temps normal, je n'aime pas l'idée de collaborer avec des privés, mais quand tout le reste a échoué…

— Vous préférez que ce soit moi qui prenne les risques.

— Je ne vous demande rien, Monsieur Saric. Vous êtes un grand garçon. Vous nous prenez peut-être pour une bande d'imbéciles et ça vous regarde. Moi, ce que je crois, c'est qu'on n'y arrivera pas en restant à l'intérieur des clous. Maintenant, vous faites ce que vous voulez, je m'en fous, je ne vous connais pas.

— Ça commence à être clair. Mais j'ai besoin de savoir dans quoi je mets les pieds. Qu'est-ce que vous avez à m'apprendre ?

— Vous connaissez déjà le lien entre Parkinson, Quatermaine et Wilson. Ils forment une sorte de cartel. Officiellement, Wilson fait du transport et du négoce d'opales entre le Queensland et le New South Wales, mais on pense qu'il fait transiter de la drogue avec le reste. Quatermaine traite avec les mineurs de Perth et on est presque sûrs qu'il en profite pour écouler des diamants d'Afrique du Sud. C'est sûrement ce qui leur rapporte l'essentiel de leurs revenus.

— Comment ça marche ?

— L'Afrique du Sud est une plaque tournante pour le diamant. En plus de ceux qui sont extraits sur place, il en arrive du Botswana, du Congo, d'Angola et de Tanzanie. L'ennui, c'est que les réglementations sont de plus en plus strictes et que beaucoup de ces pierres ont été volées ou extraites sans permis.

Ça complique leur commercialisation et ça baisse leur valeur. Depuis des années, un petit groupe de Thaïlandais exploite ce filon en achetant ces pierres à bas prix et en les revendant incognito en Thaïlande. Mais le transport entre l'Afrique et la Thaïlande devient de plus en plus difficile, alors que les liens commerciaux entre Perth et Pretoria se développent de plus en plus. Alors, ils ont pensé à l'Australie. Ils planquent les pierres dans des conteneurs de marchandises, Quatermaine les réceptionne, les pose dans les mains des petits mineurs de Perth, et fait comme si c'était eux qui les avaient trouvées. Il leur reverse une commission, reprend ses cailloux et les revend au prix fort à Sydney. On a mis un bout de temps à comprendre la combine.

— Honnêtement, votre histoire me dépasse un peu. Revenons-en à Parkinson.

— Parkinson s'occupe de blanchir les revenus du groupe à travers ses différentes activités commerciales. Il recrute aussi les mineurs qu'il utilise comme complices, et les gars qui s'occupent de transporter la marchandise. Voilà ceux qu'on a repérés…

Bropho étala une série de photographies sur son bureau.

— Ces cinq-là sont mineurs. Les autres sont des transporteurs. Parkinson a vécu à Perth pendant sa jeunesse. Il connaît du monde sur place. Pour le transport, il recrute souvent des fils de mineurs qui s'y connaissent en pierres précieuses et qui sont capables de vérifier la qualité de la marchandise avant de l'embarquer. Celui-là, celui-là et celui-là étaient des amis d'enfance. Ils n'ont pas de casier, on ne peut rien contre eux pour le moment. Sauf pour le troisième…

Son doigt s'était arrêté sur une photo de Steve Page que je reconnus sans difficulté. Le topo de Bropho m'expliquait la curieuse ressemblance que j'avais observée entre Parkinson et le cousin : même lourdeur physique, mêmes tronches de bushmen… Deux amis d'enfance qui venaient du même coin.

— On l'a serré il y a un mois pour une histoire ancienne, un cambriolage au cours duquel il avait joué le guetteur. L'affaire remontait à plusieurs années, du temps où il venait de débarquer à Sydney. Notre prétexte était bidon, mais il nous a permis de le garder une nuit et de le cuisiner à propos de Parkinson. On n'a rien appris. J'ai même eu l'impression qu'il en savait moins que nous. Quand on lui a parlé du trafic de drogue auquel participait son patron, il a eu l'air de tomber des nues. En tout cas, on lui a proposé un marché : s'il nous livre ce qu'il sait, on lui assure une remise de peine. Pour le moment, ça n'a rien donné. Mais on espère toujours qu'il va finir par se décider.

Bropho me regardait attentivement pendant qu'il me débitait son baratin. Je me demandais s'il savait ce que Page représentait pour moi.

— Je vous parle de ça pour vous montrer le genre de petites choses auxquelles on essaye de se raccrocher. Il nous faut un point d'entrée, n'importe quoi d'illégal dont on peut établir la preuve, et on lâchera nos chiens dessus. Ça peut être au sujet de Parkinson ou au sujet de n'importe lequel des gars qu'il fait bosser. Ce que je veux, c'est obtenir des mandats. Je veux mettre le nez dans la comptabilité du groupe et prouver qu'elle cache des rentrées d'argent douteuses. Avec ça, je fais tomber tout le château de cartes.

— Vous vous foutez de Parkinson, pas vrai? Ce qui vous intéresse, c'est de coincer les deux autres.

— C'est lié. Ça viendra d'un bloc ou ça ne viendra pas. Parkinson est au centre. Si vous arrivez à compromettre l'un des transporteurs, on le fera parler et on déroulera le fil. Ce que je sais, c'est que plus on attend et plus ils deviennent puissants et dangereux. Je veux les coincer, quels que soient les moyens utilisés pour ça.

— Et tant pis si je me fais griller au passage.

— Vous commencez à me fatiguer, Saric. Je vous ai expliqué la règle du jeu. Arrêtez de chialer sur ma chemise.

— Parlez-moi des business légaux de Parkinson. Sa boîte de vente par correspondance et ses ventes de matériel de bureau. J'ai besoin de tout savoir.

Bropho me compléta gentiment le topo. Je prenais des notes sur mon petit carnet, même si cette partie de l'histoire manquait d'intérêt. En sortant de là, j'avais la tête pleine comme un œuf et l'impression d'avoir suivi un cours de physique quantique.

Impatient de terminer mon petit montage, je retournai au bureau pour installer l'émetteur-espion dans le ventre de mon chat. Ma passion du bricolage venait de mon père. Il aimait récupérer toutes les saletés que les gens du quartier abandonnaient sur le trottoir pour s'en débarrasser. Il m'avait fabriqué mon premier vélo avec des pièces provenant de trois carcasses inutilisables, et ma bécane avait des allures de monstre de Frankenstein. Plus tard, je l'avais repeinte moi-même, guidé par le paternel. Au fil du temps, j'avais touché à tout, de la menuiserie à l'électricité, ce qui me permettait aujourd'hui de savoir manier un fer à souder. Ce que j'aimais dans ce genre de passe-temps, c'est qu'il me permettait de réfléchir à mille choses sans trop m'y attarder.

Steve Page s'était fait cuisiner par la police fédérale. Peu de temps après, il avait disparu et Parkinson, son patron et ami d'enfance, l'avait fait rechercher. Peut-être qu'il le soupçonnait de vouloir les trahir et qu'il voulait se venger. Ou peut-être que Page, renseigné par les flics sur la vraie nature des affaires de Parkinson, s'était rebellé et fâché contre lui. Le cousin avait peut-être la clé qui permettrait de faire tomber Parkinson et de mettre fin à tout ça. Ça faisait beaucoup de « peut-être » et j'aurais bien aimé qu'il m'aide à en supprimer quelques-uns. Dommage qu'il ait décliné le rendez-vous que je lui avais fixé.

Quelque chose m'étonnait dans ce que Bropho avait pu m'apprendre : Steve, Jennifer et Parkinson se connaissaient apparemment depuis l'enfance. Ils avaient tous les trois le même âge et on pouvait supposer qu'ils avaient fait les quatre cents coups ensemble, quand ils étaient mômes. Pourtant, dans le compte-rendu qu'elle m'avait fait de leurs relations, Jennifer n'avait pas mentionné ça. Elle me cachait toujours quelque chose.

Je refermai la trappe du chat et contemplai ma création avec fierté. Puis je posai l'objet sur le rebord de la fenêtre, m'isolai dans le fond de mon bureau et allumai le Walkman qui servait de récepteur. Ça fonctionnait parfaitement, les bruits de la rue me parvenaient dans le casque.

Je gardais toujours une grande veste accrochée au portemanteau de la salle d'attente, histoire de pouvoir m'adapter à une éventuelle chute de température en cours de journée. Je l'enfilai et vérifiai que ses poches intérieures étaient assez larges pour y loger mon équipement. Le chat à gauche, le Walkman à droite. Une fois la veste refermée, ça me tenait un peu trop chaud et mon ventre avait triplé de volume. Voilà à quoi je ressemblerais dans deux ans si je continuais à manger tous les jours chez le Grec, pensai-je. Mais ça faisait l'affaire.

Je rappelai Burnett pour le tenir au courant de se qui s'était passé et pour le remercier de son aide. Il me souhaita bonne chance. Il avait l'air plus détendu que les jours précédents.

— Comment ça se passe avec ta gamine ?

— Ça s'est réglé. Elle a décidé de retourner chez son père. Elle m'a remis une valise en guise de cadeau d'adieu. Un truc de dingue ! Elle a gardé tout ce qu'elle avait piqué. Tout est rangé dans des enveloppes. J'ai même retrouvé ton pognon.

— Comment tu sais que c'est le mien ?

— Elle a écrit «Gros crétin du ferry» sur l'enveloppe.

— C'est peut-être pas moi.

— Il n'y a qu'une seule enveloppe qui parle du ferry.

— Garde l'argent en tant qu'avance. Je te dois une bonne prime pour ce que tu as fait.

Le bureau sentait toujours la peinture à plein nez.
J'avais quelques heures à tuer avant de pouvoir placer
mon chat de Troie sur le comptoir du *Smiling Yellow
Cat*. Il était temps de prendre l'air et de me détendre.

Chapitre onze

Depuis le trottoir, j'observe Wilfrid à travers la vitrine de son bar. Il a le regard perdu dans le lointain, apparemment immergé dans une réflexion. Deux petites vieilles jouent aux cartes sur le zinc, une bouteille de vin blanc posée entre elles. Je pousse la porte et entre.

— Salut l'ami.

— Salut Niazz.

J'ôte ma veste et m'assois face à la rue, sur une table du fond. Les deux vieilles poussent des cris de kookaburra quand leurs cartes leur réservent des surprises. Drôle d'ambiance !

— Je t'apporte un whisky ? demande Wilfrid dans mon dos.

— C'est pas de refus.

— Nancy ! Mets-la un peu en veilleuse ! crie-t-il à la plus bruyante des mémères.

Puis il pose un verre entre mes doigts, un autre devant lui, et s'assoit à mes côtés. Il ouvre une bouteille, nous sert généreusement, et lève enfin les yeux vers moi.

— Y'a un truc de changé, chez toi, dit-il.

— Quoi donc ?

— Tu t'es fait refaire le nez ?

— T'as un sacré sens de l'observation, dis donc. Surtout pour un barman !

— Moi, je voulais être pirate, je te l'ai déjà dit. Je suis barman par accident. Tu t'es rasé la moustache ?

— C'est possible.

— T'as l'air préoccupé. Y'a longtemps que je t'avais pas vu comme ça.

— Je suis énervé, dis-je en levant mon verre.

— Contre qui ?

— Un gars que j'ai bien envie d'écraser entre mes mains.

— C'est à ce point ?

— Tu t'imagines pas. Je voudrais l'éventrer, le brûler à petit feu et le regarder souffrir. Je lui planterais des aiguilles sous les ongles et des fourchettes dans les yeux. Je lui ferais avaler des yaourts périmés, si je pouvais.

— Ça ne te ressemble pas.

— Même sans la moustache ?

— Même sans la moustache. On devient pas méchant du jour au lendemain. Ça se prépare, ça se cultive. T'es pas dans ce camp-là, Niazz. T'auras beau t'énerver, tu franchiras pas la ligne.

— Je ne sais pas comment je dois le prendre.

— Je me trompe peut-être. Vas-y, rends-moi service, bute les deux vieilles qui sont au bar. Ça fait trois heures qu'elles me cassent les oreilles.

— Je vais pas gaspiller mes munitions pour si peu. T'as qu'à mettre de l'arsenic dans leur bouteille.

— J'y réfléchissais avant que t'arrives. Mais je me souviens plus de la dose létale.

— Je pense qu'avec quinze milligrammes, tu as le bon compte pour les deux.

— Je m'en occuperai tout à l'heure. Qu'est-ce que tu fais ce soir ?

— Je joue au détective. Une fois n'est pas coutume.

— Veinard ! Ta vie est une aventure ! Moi, pendant ce temps-là, je vais essuyer le comptoir et remplir des verres.

— C'est simple, c'est beau.

— Tu veux pas me dire ce qui te tracasse vraiment ?

— Je te raconterai plus tard. Je te le promets. En attendant, j'ai un service à te demander.

— Vas-y.

— Tu sais que les affaires ne marchent pas fort et que je n'ai plus de secrétaire à l'agence.

— Ouais.

— Il se trouve que j'utilise beaucoup le téléphone en ce moment. Mais les gens ne peuvent pas me laisser de message au bureau, vu qu'il n'y a personne pour les noter.

— T'as pas de répondeur ?

— Il est en panne, je m'en suis pas occupé. Je voudrais savoir si tu es d'accord pour que je donne ton numéro quand j'ai un truc urgent à gérer. Je passerai ou je te téléphonerai de temps en temps pour savoir si tu as quelque chose pour moi.

— Pas de problème.

— C'est chouette, Wilfrid. Ça me dépanne bien. T'as des cartes de visite ?

— J'ai ça.

— Donne m'en un petit paquet, s'il te plaît. Pour que je puisse distribuer ton numéro.

— Je te demanderai juste d'être prudent, dit-il en me sortant une vingtaine de cartons de sa poche.

— À quel sujet ?

— Si les gens savent que je joue à la secrétaire pour toi, ils vont s'imaginer des trucs. Tu sais… entre le patron et la secrétaire…

— T'en fais pas. Je serai discret. Et puis, t'es plutôt joli garçon. Ça sera tout à mon honneur.

— Peut-être pas au mien.

— OK. Je ferai attention.

Les deux vieilles se remettent à piailler. Elles me cassent les oreilles, mais pas que. Je pose un billet sur la table.

— Je vais y aller, j'ai besoin de marcher.

— T'as bien dit quinze milligrammes pour une bouteille entière ?

J'acquiesce et enfile ma veste.

— Tu crois que je franchirai pas la ligne, hein ?

— T'as pas buté mes deux emmerdeuses.

— J'ai quelqu'un d'autre en vue. Ciao, Wilfrid.

Dehors, la température a baissé d'un coup, ça n'augure rien de bon. Je marche vers Circular Quay. Les premières gouttes tombent quand j'entre dans le *Ribs & Burger* de George Street. Je m'y gave de frites huileuses et de poulet aux hormones.

La pluie devient régulière quand je reprends la route. De grosses gouttes froides sur ma peau. Et à l'intérieur, des torrents d'acide qui me noient l'estomac. Je marche une bonne demi-heure sous une averse de plus en plus drue. Je dégouline de partout quand je franchis enfin la porte du *Smiling Yellow Cat*. Heureusement que ma veste est étanche, mon équipement est resté au sec.

Je commence par m'installer à la même table qu'hier, histoire de prendre la température de la salle. Il est encore tôt et les clients sont rares. Je me fais servir un cognac qui m'assomme, tout comme hier. Je me laisse glisser sur la banquette moelleuse, sans que personne ne vienne me déranger.

Quand j'émerge, le bar fourmille de monde. Toujours pas de Parkinson, mais les tabourets du comptoir sont presque tous occupés par des citadins hyperactifs, buvant, parlant et chahutant comme dans une salle de bourse. C'est le moment idéal pour placer mon gadget incognito. Je me lève et me frotte les yeux, m'approche du comptoir, glisse entre deux tabourets, du côté où Parkinson s'était installé hier soir, sors discrètement le chat de ma poche intérieure et le dépose au milieu des verres. Le barman est occupé à servir un client à l'autre bout du bar. Il n'a rien vu. Mes voisins, plongés dans leurs conversations, n'ont rien relevé non plus. Deux minutes après mon installation, je constate que des mégots ont commencé à remplir le cendrier du chat. Il a trouvé son usage.

Je commande un whisky, retourne à ma table et pose le casque du Walkman sur mes oreilles. Ça fonctionne à merveille. J'entends les conversations aussi bien que si j'étais resté installé au comptoir. Il me reste à espérer que Parkinson reviendra ce soir et que les piles de ma machine infernale tiendront assez longtemps pour que je capte quelque chose d'intéressant.

Après deux bonnes heures d'attente, c'est finalement Anun que je vois franchir le seuil du bar. Décidément, ce gars est partout ! Ça ne m'arrange pas du tout. De toute la bande, c'est le seul qui pourrait me reconnaître. Je me cale dans la partie la plus sombre de ma petite alcôve et prie pour que mon changement de look suffise à donner le change. Il s'installe au bar et commande à boire.

— C'est quoi ce machin ? demande-t-il aussitôt au barman en montrant mon chat jaune.

— Je ne sais pas, fait l'autre. C'était pas là en début de soirée.

Le Thaïlandais soulève mon gadget, le soupèse et l'examine de près. Ça me colle des sueurs froides, mais je reste confiant. Mon installation est totalement invisible de l'extérieur. Anun continue son examen et finit par trouver l'interrupteur qui commande le moteur de l'engin. La queue du chat se met à bouger.

— C'est marrant comme tout, ce truc, dit Anun. Ça te fait une mascotte !

— Mouais, répond le barman peu enthousiaste. Ça me fait toujours un cendrier de plus. Il faut que j'en rachète, les clients n'arrêtent pas de les voler.

— Fais gaffe qu'ils ne te volent pas ton nouveau minou.

— Bof... Je trouve ce truc affreux.

— Moi, je le trouve marrant.

Une grosse demi-heure passe encore sans rien de nouveau. Le bar s'est un peu vidé, l'heure de pointe est passée. Parkinson arrive enfin, suivi du même copain qu'hier soir. Il traverse la salle avec son allure de pacha grassouillet, tout content de lui. Depuis mon coin, je serre les poings. J'ai une furieuse envie de lui foncer dessus et de lui faire avaler sa petite arrogance. Je suis tendu comme un ressort, ça se joue à deux doigts. Je ne suis pas sûr que Wilfrid ait raison. Je crois que je serais bien capable de me laisser aller, de me transformer en bête sauvage et de le transformer en bouillie.

Mais ce n'est pas mon plan. Je laisse tomber. Je me dis qu'il ne perd rien pour attendre.

— Salut, Anun, lance Parkinson au Thaïlandais en arrivant au bar.

— Salut, patron.

— T'as du nouveau ?

— Non, patron. Cet enfoiré est toujours introuvable.

— Je me demande pourquoi je te paye.

— Il va finir par refaire surface. Et je serai là pour lui mettre la main dessus.

— Je l'espère pour toi.

La conversation dérive vers des sujets sans inté-rêt, le temps qu'il fait, le prochain match de base-ball... Au fond, les gangsters sont des gens comme tout le monde. Ça fait presque trois heures que j'ai mis l'émetteur en marche et j'ai peur que les batteries arrivent en bout de course.

Anun se lève et se dirige vers les toilettes. Les deux autres se lancent aussitôt un regard de connivence.

— Je commence à croire que tu avais raison, dit Parkinson.

— Y'a pas de doute, fait l'autre. Il se fout de nous. Il est trop proche de Page. Je suis sûr qu'il sait où il est et qu'il le protège.

— Peu importe. On va faire autrement. Demain matin, tu me rejoindras chez Jennifer. On va l'embarquer et la garder chez moi. Anun le dira à Steve, et on n'aura plus qu'à l'attendre.

— À quelle heure tu veux qu'on se retrouve ?

— Huit heures, ça sera bien.

C'est comme ça que ce salopard règle sa vie. Le monde est un panier dans lequel il se sert, et Jennifer n'est qu'une monnaie d'échange, un truc à négocier. Rien à foutre de ce que ça peut impliquer.

Anun ressort des toilettes et les deux autres parlent de tout et de rien. Je dois la prévenir, faire en sorte qu'elle quitte son appartement dès ce soir. Je dois aussi faire passer un message au cousin. À présent que Parkinson a démasqué Anun, Steve va se faire piéger, d'une façon ou d'une autre.

Mon chat diabolique a fait du bon boulot. L'émetteur commence à émettre des crachotements qui annoncent la fin des piles. Il est temps que je m'éclipse. Je laisse un billet sur la table, glisse le Walkman dans ma veste et me faufile vers la sortie en baissant la tête. Puis je me planque au bout de la ruelle et attends que le Thaïlandais passe par là, en espérant qu'il sortira seul et que je pourrai lui parler. La pluie tombe toujours en rideaux. Elle joue du tambour sur mon crâne, se réchauffe dans mon cou et glisse sous ma veste. Si mon gars se fait trop attendre, je vais ressembler à une vieille éponge.

La chance est avec moi : Anun est le premier à émerger de l'impasse. Je le laisse passer et file à sa suite. Je ne tiens pas à ce que les deux autres nous tombent dessus pendant que je lui fais la causette. Il trottine sous la pluie en direction de Circular Quay. J'attends qu'il tourne quelque part, qu'il sorte de Clarence Street. Il cavale comme un zèbre et prend de la distance. Dans cette zone, la rue est mal éclairée et la pluie n'arrange rien. Au croisement suivant, il disparaît brusquement de ma vue. Je me mets à courir, anxieux à l'idée de le perdre tout à fait. Je n'ai pas réfléchi. Il a entendu mes pas et me surprend au coin d'un immeuble avec un terrible coup de coude dans la gorge. Je tombe sur les fesses, à moitié sonné. Je veux lui dire de se calmer, le rassurer sur mes intentions, mais mon larynx est hors service, pas moyen d'articuler le moindre mot.

Le plus ennuyeux, c'est que l'animal n'a pas fini de se défouler sur moi. Il s'approche et balance son pied de toutes ses forces en direction de mes côtes. J'ai la présence d'esprit de rouler sur le côté. Son coup à vide le déséquilibre et il tombe à son tour. Le temps que je me redresse sur les genoux, il est déjà debout et s'apprête à remettre ça. Je me tiens toujours la gorge d'une main et lui fais signe de l'autre, pour l'inviter à se calmer. Il s'en fiche et charge comme un taureau. Je bascule vers l'avant et le stoppe d'un coup de tête au ventre.

Pendant qu'il cherche l'air, je récupère enfin la position verticale et lui colle un direct à la figure, suivi d'un uppercut. Ça me laisse quelques secondes de répit. J'essaye une nouvelle fois de parler. Ça fait un petit bruit de sifflet bouché. Je tente alors de saisir mon quarante-cinq pour tenir le bonhomme en respect, le temps que ça revienne. Mais je m'empêtre la main dans ma grosse veste mouillée, sans réussir à attraper la crosse. Il voit mon geste et le voilà qui sort un couteau à cran d'arrêt de sa poche arrière.

— Attends ! dis-je enfin.

Cette fois, ça ressemblait au croassement d'un corbeau. Ça ne l'arrête pas. Il s'imagine sûrement que j'ai peur et que je tente une diversion. Il me fonce dessus, main armée en avant. Je lui attrape le poignet in extremis et le tords. Son couteau lui échappe. Nous roulons au sol. Ma cheville se vrille au passage et me fait hurler de douleur. Il prend le dessus et me chevauche, bloquant mes avant-bras avec ses genoux. Je reçois une pluie de coups tellement fournie que j'en perds le compte. Je m'évanouis un moment.

Quand je reprends conscience, il a récupéré son couteau et l'a posé sur ma gorge. J'ai du sang plein la bouche et l'impression d'avoir un bloc de pierre à la place du visage.

— Qu'est-ce que tu me voulais, fouille-merde ? demande-t-il.

— Je voulais pas… qu'on se batte, lui dis-je avec difficulté.

— Qu'est-ce que tu me veux ? J'en ai marre de voir ta tronche. Qu'est-ce que tu fous sans arrêt dans mes pattes ?

Quelque chose de chaud me coule sur le côté du crâne.

— J'ai un message, lui dis-je.

— Vas-y, balance.

— Parkinson est au courant, pour toi et Steve. Demain matin, il va kidnapper Jennifer. C'est…

Je suis obligé de m'interrompre, tant la souffrance me taraude. Mais le Thaï attend gentiment que je me reprenne. On dirait que j'ai retenu son attention.

— C'est un piège. Il veut s'en servir comme appât. Préviens Steve. Barrez-vous tous les deux. Disparaissez. Je m'occupe de Jennifer, je vais la mettre à l'abri.

— Mais t'es qui, toi ? Comment tu peux savoir ce que va faire William ?

— Je l'ai espionné. Tu te souviens du chat jaune qui remue la queue, dans le bar, celui que t'as trouvé marrant ?

— Ouais.

— C'est moi qui l'ai mis là. Il y avait un micro dedans. Je suis détective privé, je bosse pour Jennifer.

— Détective ? Pourquoi je te croirais ?

— Réfléchis.

— Bouge pas, dit-il. Bouge pas d'un poil.

Il passe sa main gauche sous ma veste et récupère mon pistolet qu'il jette à quelques mètres. Puis il décolle son couteau de ma gorge et recule un peu.

— Fais voir ta carte.

Je la lui montre.

— OK. Essaye de te relever, dit-il.

Je fais une tentative. Une douleur extraordinaire explose dans ma tête et je manque de retomber dans les pommes.

— J'y arrive pas.

Il hésite, fais mine de s'en aller.

— Tu préviendras Steve ? dis-je.

— Ouais.

Il part en courant. Je réunis tout mon courage et palpe prudemment mon visage. Mes doigts baignent dans une bouillie tiède et poisseuse que la pluie ne parvient pas à laver. J'ai le nez cassé. Mais ça n'est pas ce qui m'inquiète le plus. J'ai un mal de crâne épouvantable. C'est mauvais signe. Je reste un bon moment immobile, sonné par la souffrance. Au bout du compte, je fais lentement basculer mon corps sur le côté de ma jambe valide. Ma tête me lance toujours. Je glisse ma jambe sous mes fesses et me redresse petit à petit, en dosant mes efforts. Une fois à genoux, je vomis longuement, expulsant ce qu'il reste de poulet et de frites grasses dans mon estomac. Je tâte ma cheville tordue et bouge mon pied. Ça semble aller. Je reprends mon ascension et la mène à son terme. Me voilà enfin debout.

Il y a une cabine téléphonique à moins de six mètres. Je m'y dirige en claudiquant, manquant de m'évanouir à chaque pas. Ça me prend une éternité pour l'atteindre. Une fois à l'intérieur, je peux m'y adosser et ça me soulage. J'attrape mon portefeuille dont j'extrais une pièce avec difficulté. Mes mains tremblent. J'ai des flashs dans les yeux. Je me sens de plus en plus faible. Je décroche le combiné et glisse la pièce dans l'appareil, puis compose le numéro de Jennifer. Ça sonne. Une paire de phares m'éclaire depuis le bout de la rue. Deuxième sonnerie. Je suis en train de perdre conscience. Troisième sonnerie. Jennifer décroche, mais je n'ai plus la force de lui parler. Les phares m'éblouissent complètement pendant qu'une sirène m'explose les oreilles. Je réalise que je n'ai pas fait mon exercice de trompette ce soir, pour le deuxième jour consécutif. Et je tombe dans les vapes pour de bon.

Chapitre douze

Je m'éveille en sursaut et j'essaye de comprendre où je suis.

Sur une chaise, tout contre mon lit, Wilfrid ronfle comme un bienheureux, le corps tassé sur lui-même. Un filet de bave descend de sa tête inclinée jusqu'à sa main, posée telle une fleur ouverte sur sa cuisse. Derrière lui, une grande fenêtre voilée d'un rideau blanc diffuse la tendre lueur du matin. Un Christ baignant dans la lumière céleste.

— Wilfrid !

Il cesse de ronfler, mais n'émerge pas pour autant du sommeil, se contentant de grogner et de bouger les pieds.

— Wilfrid !

Il relève le visage, les yeux toujours fermés.

— Mmmmh…

— Réveille-toi, Wilfrid !

Le temps qu'il émerge, j'essaye de me redresser sur mon lit. La tête me lance méchamment. Je me palpe. On m'a collé un pansement rigide sur la figure. Ça me couvre le nez et les pommettes. Je me demande à quoi je ressemble avec ça.

La scène d'hier soir me revient d'un coup et j'attrape un coup de sang. On m'a retiré ma montre, j'espère seulement qu'il n'est pas trop tard !

Un téléphone est posé sur la table de nuit. Je fais le zéro et compose le numéro de Jennifer. Ça sonne dans le vide. Je raccroche au bout d'une minute.

— Wilfrid !

— Quoi ?

Il a ouvert un œil. Le deuxième suit juste après.

— Qu'est-ce que tu fais là ?

Il avale sa salive, s'étire, examine la chambre comme s'il ignorait où il se trouve, me lance un regard ahuri et reprend enfin ses esprits.

— Salut, Niazz.

— Qu'est-ce que tu fais là, Wilfrid ?

— C'est à cause des cartes.

— Les cartes ?

— Ils ne savaient pas qui contacter. Toi, t'étais dans les vapes. Et la seule chose qu'ils ont trouvée, c'est les cartes de visite que je t'ai données hier. Comme tu en avais un paquet, ils ont pensé que tu bossais au bar. J'étais sur le point de fermer quand ils ont appelé. Je suis venu tout de suite.

— Tu as passé la nuit ici, sur cette chaise ?

— Une courte nuit. J'ai d'abord dû attendre que tu sortes de l'opération.

— Qu'est-ce qu'ils m'ont fait ?

— Ils t'ont redressé le nez et recousu un peu partout. Tu t'es bien fait arranger.

— Comment je suis arrivé là ?

— J'en sais rien.

— Je dois sortir d'ici en vitesse, Wilfrid.

— Sûrement pas. Tu as eu une bonne commotion cérébrale. Tu dois rester au repos pendant deux jours.

— Jennifer va se faire kidnapper. Il faut que j'empêche ça.

— C'est pas parce qu'ils t'ont mis un masque que t'es devenu un super héros, Niazz. T'es pas en état. Si tu t'agites, tu risques une hémorragie cérébrale.

— Quelle heure il est ?

Wilfrid consulte sa montre.

— Sept heures et demie.

— Nom de Dieu ! Ils vont bientôt l'embarquer ! Aide-moi à me lever.

— Pas question. T'as foutu ma nuit en l'air, c'est pas pour que t'ailles te suicider le lendemain ! où elle est, ta demoiselle en détresse ?

— À Paddington. Mais tu peux pas y aller à ma place, Wilfrid. C'est trop dangereux.

— Je serai toujours plus efficace qu'un handicapé de la tête. Donne-moi l'adresse.

— Non ! Aide-moi à me relever ! On y va ensemble.

J'amorce le mouvement pour couper court à ses protestations. Il a pitié de moi et me donne un coup de main. Ça tire méchamment sur ma cheville, mais je survivrai.

— En avant !

Wilfrid me regarde d'un air consterné.

— Dans cette tenue ?

Je porte l'une de ces blouses ridicules qu'ils distribuent aux patients, largement ouverte sur l'arrière.

— Où sont mes fringues ?

— Elles sont foutues. La chemise est pleine de sang. Le reste est trempé.

— Et ma veste ?

— Elle est là.

— Donne. Donne-moi aussi mon pantalon.

— C'est un torchon mouillé.

— M'en fous. Fais vite !

J'enfile mes affaires aussi vite que je peux, puis j'attrape mes chaussures et pousse Wilfrid hors de la chambre. Il semble hésiter quelques instants sur la direction à prendre, mais se repère bientôt. Je le suis à la vitesse d'un escargot ; il doit s'arrêter tous les deux mètres pour m'attendre. Ça me fait un mal de chien d'aligner un pied devant l'autre.

— Ça va aller ? demande-t-il.

— T'occupe pas. Avance !

Les couloirs sont encore vides à cette heure-là. Nous passons devant un gars de l'entretien qui s'en fiche complètement. Au détour d'un couloir, une infirmière fronce un peu les sourcils en me voyant claudiquer, mais elle semble trop pressée pour s'en soucier davantage. Nous parvenons finalement à la sortie des urgences sans encombre.

— Reste là, me dit Wilfrid. Je vais chercher la voiture.

Je lève les yeux. Le ciel est magnifique, lavé par la pluie torrentielle de la veille. Le sol humide commence à fumer sous les rayons du matin. Wilfrid se gare bientôt devant moi. Je me laisse couler sur le siège passager. Il démarre.

— Tu vas bousiller mon siège avec ton pantalon dégueulasse, râle-t-il.

— Je te payerai une voiture neuve. Une Rolls.

— Tu parles !

Je lui donne l'adresse de Jennifer. Et comme je connais le quartier par cœur, j'y ajoute quelques conseils pour mieux le guider. Nous allons à contre-sens du rush matinal, ça roule assez bien.

Je profite du trajet pour enfiler mes chaussures détrempées.

— Comment tu te sens ? demande Wilfrid.

— Comme un gamin harcelé par sa mère. Ça ira.

— Si j'étais ta mère, ça se passerait pas comme ça.

— Merci d'être là, Wilfrid. Juste au moment où j'en ai besoin. C'est gentil de m'avoir veillé cette nuit, mais ta femme va finir par m'en vouloir.

— J'ai pas de femme, Niazz. Où tu voudrais que je l'aie rencontrée ? Je passe mes journées au bar. Je n'y croise que de vieilles alcooliques.

— Mais tu disais…

— Que quelqu'un m'attendait. Ouais. C'est le moyen que j'emploie pour me débarrasser des poivrots qui me proposent de passer le reste de la nuit avec eux. Tu n'imagines pas le nombre de fois où ça m'arrive.

— Je t'ai fait le coup assez souvent.

— Ouais. Jusqu'à ce que je me dise que c'était peut-être une bonne idée, en fin de compte.

— Qu'est-ce qui t'a fait changer d'avis ?

— Je sais pas. Tu vois, on passe sa vie à dire non. Et puis, un jour, on réalise qu'on a dit non à tout et qu'on n'a rien vécu d'intéressant. Voilà.

Rien à ajouter.

Je me demande toujours comment je me suis retrouvé à l'hôpital. Peut-être qu'Anun a été pris de remords en comprenant qu'il m'avait amoché sans raison. J'imagine qu'il a appelé une ambulance.

On est à deux rues de chez Jennifer. La circulation s'est ralentie et je trépigne. J'ai envie de descendre de la voiture et de me mettre à courir. Mais avec ma cheville, c'est impossible.

Dix minutes plus tard, on n'a avancé que d'une rue. Il y a visiblement quelque chose qui bloque la circulation. Cette fois, je n'en peux plus.

— J'y vais à pied, dis-je à Wilfrid. Il faut que j'arrive à temps.

— On y va ensemble.

Il gare la Holden comme un sauvage sur le trottoir. On en sort tous les deux et il se met à mon côté pour que je puisse m'appuyer sur lui. Ça me soulage bien.

Au bout de cent mètres, la rue est bloquée par des voitures de police. Il y a une armada de flics qui déroutent le trafic et s'agitent sous la lumière des gyrophares. On parvient finalement au cordon qui bloque le passage. Voyant que je m'apprête à le franchir, un jeune flic s'avance vers moi.

— Pas par-là ! dit-il. Pas par-là !

Je farfouille ma veste à la recherche de ma carte de détective privé et la lui montre.

— Je dois passer, lui dis-je. Je suis envoyé par Bropho.

Il examine mon visage plâtré avec étonnement, note mon pantalon en tire-bouchon, mes chaussures sans chaussettes et ma drôle de blouse d'hôpital que je planque comme je peux sous ma veste trop grande.

— Bropho ?

— Matthew Bropho, de la police fédérale.

— Faut que je vérifie.

Il commence à recopier consciencieusement mon nom sur un carnet qu'il a sorti de sa poche.

— Pas le temps. M'emmerdez pas, poussez-vous.

Je force le passage avec détermination. Il est tellement surpris qu'il ne sait pas comment réagir. J'en profite pour avancer sans me retourner, en boitillant aussi vite que je peux.

— Je t'attends ici, crie Wilfrid dans mon dos.

Je sais que je n'ai pas beaucoup de temps. Le flic va faire sa vérification. Quand il saura que je lui ai raconté des fadaises, il m'éjectera de la zone. Bropho sera sûrement furieux d'apprendre que j'ai utilisé son nom pour franchir un barrage. Ça me fait marrer. Après tout, c'est lui qui disait qu'on n'arrivait à rien en restant à l'intérieur des clous.

La concentration de policiers est maximale sous la fenêtre de Jennifer. Je m'approche, le cœur complètement à l'envers, autant à cause de la peur qu'en raison de la douleur provoquée par cette marche forcée. À vingt mètres devant moi, deux corps sont allongés sur le sol. Le plus proche, bien visible, est celui d'Anun. Les policiers sont agglutinés autour du deuxième, mais, au vu de sa corpulence et de ses cheveux bouclés, il ne m'est pas difficile de deviner de qui il s'agit. Sous les deux corps, le pavé est taché de flaques sombres. Ils ont sûrement été abattus avec un gros calibre, du genre qui fait des trous bien larges dans le ventre, et qui ne laisse pas la moindre chance. C'est la première fois de ma vie que je vois des cadavres. Je ne pensais pas que ça puait autant. Même de là où je suis, l'odeur me donne envie de vomir.

Quel gâchis! J'avais pourtant demandé au Thaïlandais de se tenir à l'écart. Je suppose que Page a voulu venir lui-même au secours de sa cousine. Anun a dû lui dire qu'il m'avait laissé en mauvais état sur le trottoir et que je ne serais peut-être pas capable de la protéger. Et il n'avait pas tort. Tout est parti de travers, en fin de compte. On s'est comportés comme des imbéciles et Parkinson a fait ce qu'il voulait.

Je contourne le paquet de flics qui s'activent autour des corps, m'engouffre dans l'immeuble de Jennifer et grimpe les escaliers vers son appartement. Je sais bien que j'arrive trop tard. Sa porte est entre-bâillée. J'entre et jette un œil. La table basse du salon est renversée, le canapé a été déplacé, un vase et une lampe sont écrasés au sol. La vieille voisine est assise au milieu de tout ça, en train de pleurer, Harold sur les genoux.

— Ils l'ont emmenée, me dit-elle.

— Il y a longtemps?

Son regard s'évade et je comprends qu'elle est incapable de m'aider. Mais je fais mes propres déduc-tions : avec deux cadavres sur le trottoir, les flics doivent forcément interroger tout le voisinage, faire ce qu'ils appellent une «enquête de proximité». S'ils n'en ont pas encore eu le temps, c'est que je suis arrivé très peu de temps après les meurtres et l'enlèvement de Jennifer. Elle n'est pas loin. Il faut que je parte à sa recherche.

Je redescends l'escalier en pestant contre ma cheville abîmée, sors de l'immeuble et croise à nouveau le jeune policier qui voulait m'arrêter. Il a l'air complètement dépassé par la situation.

— Vous l'avez eu? lui dis-je.

— Qui ça?

— Bropho.

— Pas encore.

— Dites-lui que je pars à la recherche de Jennifer Leight. Je pense qu'elle a été kidnappée.

— Quoi? Comment vous dites?

— Jennifer Leight.

Je passe à l'extérieur du cordon pendant que le flic noircit son carnet. Wilfrid est toujours là.

— Qu'est-ce qui se passe? demande-t-il pendant que nous rebroussons chemin.

— Le gars que j'étais chargé de protéger s'est fait descendre et ma cliente s'est fait enlever. Il faut que j'essaye de la retrouver.

— Tu dérailles, Niazz. T'as besoin de repos.

— On verra plus tard.

À présent que mes muscles se sont réchauffés, la douleur de ma cheville devient supportable. Je claudique toujours, mais j'avance à un bon rythme. Je repense à la disposition des corps que je viens de voir allongés sur le bitume. J'essaye de reconstituer ce qui s'est passé sur la base des maigres éléments dont je dispose. Où était Jennifer quand son cousin et le Thaïlandais se sont fait descendre? A-t-elle assisté à la scène? L'idée initiale de Parkinson était de s'en servir comme appât. Mais, une fois Page tué, elle ne lui servait plus à rien. Alors, pourquoi l'a-t-il tout de même emmenée? A-t-il voulu se débarrasser d'elle en tant que témoin? Et dans ce cas, pourquoi ne pas l'exécuter sur place?

Dans la cohue qui entoure le lieu des crimes, personne ne semble s'être intéressé à la Holden de Wilfrid garée en travers du trottoir. Elle est toujours là. Pas de sabot, et même pas un papillon sur le pare-brise. La police a d'autres chats à fouetter pour le moment.

— Wilfrid, j'ai encore un service à te demander.

— Quoi?

— J'ai besoin de ta voiture.

— Je reste avec toi.

— Pas question, cette fois. Je ne peux pas t'impliquer dans ce qui va suivre. Tu vas retourner au boulot, tu dois aller ouvrir ton bar. Tout ce que je te demande, c'est de me laisser la voiture. Ça va m'aider. J'ai très peu de temps pour agir.

J'ai dû me montrer convaincant. Wilfrid capitule.

— OK, fous le camp! Mais t'as intérêt à me la rapporter en bon état!

Je comprends bien ce qu'il sous-entend.

— Je te la laverai et je ferai le plein, dis-je en m'installant au volant.

— Et tu vérifieras la pression des pneus.

— Compris.

Plutôt que de me coincer dans le bouchon qui bloque toujours la rue, je fais carrément grimper la voiture sur le trottoir et recule au milieu des passants scandalisés, en bousculant quelques poubelles au passage. Je progresse avec prudence, on n'est pas dans un film américain, mais ça me permet quand même de me sortir de là. Devant moi, je vois la silhouette de Wilfrid, de plus en plus lointaine, qui secoue la tête d'un air dépité.

Ça se dégage au bout de la rue. Je regagne la chaussée et mets le cap au nord-est. Je parie sur le fait que Parkinson a emmené Jennifer chez lui, comme il avait prévu de le faire hier soir. Ça roule franchement bien à partir d'Einfeld Drive d'où je rejoins l'Old South Head Road. Je ne pense à rien pendant le trajet. J'ai seulement des flashs qui me font revivre la bagarre d'hier soir et la scène terrible des corps étendus sur la chaussée, ce matin.

Je remonte Fitzwilliam vers le nord, jusqu'au bout. La rue bordée de résidences luxueuses est complètement déserte. Une ambiance de fin du monde sous un soleil radieux. À cette heure, les besogneux sont déjà au travail et les autres sont encore au lit. Je me gare finalement devant la dernière maison de l'impasse, le numéro 83.

Sur ma droite, l'Oldsmobile de Parkinson occupe l'allée conduisant au garage dont la porte est grande ouverte. Je constate tout de suite que le pare-brise et les vitres latérales sont couverts de sang.

Chapitre treize

*L*e cœur en vrac, je sors de ma propre voiture et m'approche de l'Oldsmobile. Une forme masculine est effondrée sur le volant, les bras pendant de chaque côté du corps et le visage défoncé par un projectile de gros calibre. C'est une vraie boucherie. Ça a giclé partout, souillant le plafonnier, le tableau de bord et les nombreuses liasses de papiers qui s'étalent en désordre dans l'habitacle.

À travers une vitre maculée, je contemple le cadavre pendant quelques secondes. J'éprouve une fascination écœurée. Dieu sait que j'ai souhaité la mort de cette pourriture de Parkinson. Mais la violence avec laquelle elle est survenue me secoue quand même. Je note la relative propreté du siège passager. Je suppose qu'il a été protégé par le corps de l'assassin au moment du coup de feu.

La rue, parfaitement silencieuse, est toujours déserte. Je m'étonne que le voisinage n'ait pas été alerté par le bruit de la détonation. Les vitres du véhicule sont fermées, comme elles l'étaient sans doute lorsque le coup a été tiré. Elles ont dû amortir le boucan.

Je sursaute en voyant une silhouette bouger dans le garage. Je contourne l'Oldsmobile et m'approche aussi silencieusement que possible, palpant machinalement ma poitrine à la recherche de mon quarante-cinq. Je ne l'ai pas sur moi, évidemment. Le Thaïlandais m'en a débarrassé hier soir et je suis tombé dans les pommes avant d'avoir eu l'occasion de le ramasser. Pas de chance.

Ça s'agite à nouveau dans l'angle le plus sombre. Il faut bien que je fasse quelque chose si je veux savoir ce qui s'y passe.

— Hé ho ? dis-je en me préparant à plonger derrière l'Oldsmobile en cas de pépin.

La silhouette s'immobilise et reste ainsi un bon moment. Puis elle s'approche doucement vers la lumière.

— Qui êtes-vous ? demande une voix que je crois reconnaître.

— Jennifer ?

— Qui êtes-vous ? répète-t-elle.

Je réalise alors que je suis méconnaissable sous mon masque de plâtre.

— Jennifer ! C'est Niazz. Niazz Saric.

Elle s'avance encore. Je constate qu'elle tient un jerrican en main. Deux pas de plus et je découvre une vision de cauchemar. Elle est couverte de sang de la tête aux pieds. Des résidus de matière organique forment des amas sur son visage, dans ses cheveux et sur ses épaules. Elle n'est plus qu'à deux mètres de moi et je respire à présent l'odeur abominable qu'elle dégage.

Mais elle est vivante !

Je mets quelques secondes à me ressaisir, partagé entre le soulagement et le dégoût.

— Mon Dieu ! Jennifer ! dis-je enfin bêtement.

— Niazz ! C'est vous ?

— Oui !

— Je l'ai tué, Niazz, je l'ai tué !

— Je sais, Jennifer. Ça va aller.

— Je l'ai tué !

— Venez !

Je tente de lui prendre le jerrican des mains, mais elle me résiste.

— Il faut faire brûler la voiture ! dit-elle en me montrant l'Oldsmobile.

Ses yeux sont exorbités et ses gestes saccadés. Elle est visiblement en état de choc.

— On s'en occupera tout à l'heure, lui dis-je.

— Non ! Il faut le faire maintenant !

J'avise une bâche en plastique sur l'une des étagères du garage. Je l'attrape et commence à la dérouler. Elle semble bien assez grande pour ce que je veux en faire. Je la pose sur l'Oldsmobile et la déplie entièrement afin de masquer le véhicule.

— Voilà, dis-je. Ça nous donne du temps. Rentrons, maintenant, il ne faut pas qu'on vous voie dans cet état.

Je lui fais traverser le garage et pousse la porte du fond. Elle s'ouvre sans difficulté sur l'intérieur de la maison. Jennifer me suit à petits pas, le regard absent. Je ne tarde pas à trouver la salle de bain dans laquelle je l'invite à entrer.

— Déshabillez-vous et laissez vos vêtements par terre. Je vais chercher un sac en plastique dans lequel on pourra les jeter. Douchez-vous. Prenez tout votre temps. Ce qui importe, maintenant, c'est de retrouver vos esprits. L'eau chaude vous y aidera.

J'avise un peignoir accroché au mur. Je le lui montre.

— Quand vous aurez fini, enfilez ça et appelez-moi.

Elle me lance un regard étrange et je me demande si elle m'a compris. Puis elle commence à se déshabiller comme si elle avait oublié ma présence. Je sors précipitamment, ferme la porte, m'adosse contre le mur du couloir et respire profondément à plusieurs reprises pour essayer de me calmer. Mes jambes tremblent. Face à Jennifer, j'ai tenté de paraître solide, mais à l'intérieur, tout est à l'envers.

Qu'est-ce que je suis en train de faire, exactement ?

J'essaye de l'aider, de la protéger. Mais où ça me mène ? En décidant de brûler la voiture, elle voulait faire disparaître les preuves de son crime. Ce n'est pas la bonne option. Pour le moment, on peut plaider la légitime défense ou quelque chose dans ce goût-là. Si on avance dans la direction qu'elle a choisie, on va sacrément compliquer l'affaire. Sans compter ce qui me pend au nez. Si j'étais un bon citoyen, j'aurais déjà appelé la police. En ne le faisant pas, je deviens son complice. Si je l'aide à brûler la voiture, je me compromets encore plus, et mon témoignage ne vaudra plus rien.

Le mieux est de tout laisser en l'état et de se rendre immédiatement à la police. Après tout, Parkinson exerçait une pression morale très forte sur Jennifer. Il a tué deux hommes ce matin et on peut comprendre qu'elle se soit sentie en danger. Son cas est facilement défendable.

Pour le moment.

Je dois essayer de la convaincre de se rendre. Mais si elle refuse ?

J'explore un peu l'appartement. Je suis dans l'antre du dragon. Je m'attends presque à découvrir des squelettes entassés dans les angles des pièces. Mais rien de tel. C'est aseptisé et meublé avec un goût du clinquant qui frise le ridicule. On voit bien que celui qui habitait là était un nouveau riche.

J'essaye d'imaginer sa vie. Tout comme Jennifer et son cousin, Parkinson a connu une enfance misérable dans une banlieue pourrie de Perth. Pour avoir vu plusieurs reportages sur le sujet, je sais à quoi ressemble l'existence d'un petit mineur. Des journées entières à remuer de la terre en espérant tomber sur une pépite ou un énorme caillou. Des vapeurs de mercure dans le nez, ou d'autres saloperies chimiques utilisées pour l'extraction. De l'espoir, encore de l'espoir, et les dettes qui s'accumulent. Une trouvaille accidentelle qui fait croire qu'on est sorti d'affaire, mais qui permet à peine de rembourser les dépenses engagées jusque-là. Et le cycle recommence.

Parkinson n'a pas voulu marcher dans les pas de son père. Il a compris que ceux qui gagnent leur vie ne sont pas les chercheurs de cailloux, mais les négociants qui s'engraissent sur leur dos, trouvant toujours des gogos pour acheter les pierres taillées au prix fort. Et comme il n'avait pas de scrupules, Parkinson a imaginé le moyen de gagner encore plus. Pourquoi se contenter d'exploiter des mineurs australiens quand on peut aussi profiter des pauvres nègres qui crèvent dans les mines africaines ? Il a sans doute gagné des sommes énormes. Cet appartement témoigne du plaisir qu'il en a retiré. Rien que des objets coûteux, entassés sans aucun goût, sans aucune cohérence, juste pour la jouissance de la possession. Des croûtes prétentieuses couvrant les murs, du chrome et des dorures sur les vases, les luminaires, sur les cendriers, sur le moindre bibelot, la moindre poignée de placard.

Je passe devant un bureau immense qui a été mis sens dessus dessous. Les placards muraux sont ouverts et dégoulinent de documents en désordre. Des liasses de papiers jonchent le sol. Quelqu'un s'est livré à une fouille minutieuse. Qui ? Qu'est-ce qu'il cherchait ?

J'entre dans une chambre au lit défait. Des bandes de couleurs mal assorties tapissent les murs. Ça réveille mon mal de crâne. Si c'est la chambre de Parkinson, je ne sais pas comment il faisait pour y dormir. Le fond de la pièce donne sur deux espaces. À gauche, une salle de bain démesurée baigne dans la lumière. Entre la douche et le lavabo, une fenêtre allongée offre un panorama sur la mer. Je dois admettre que c'est magnifique. À droite se trouve un dressing tout aussi gigantesque, largement pourvu de vêtements luxueux.

Je ne résiste pas. Je me dis que Jennifer en a pour un moment. J'ôte ma veste, les chaussures et le pantalon boueux et je m'offre une douche. Puis je me livre à une séance d'essayage. Parkinson était un peu plus corpulent que moi, mais le dressing comporte une collection de ceintures dans laquelle je fais mon choix. Ça règle le problème du pantalon.

Rayon chaussures, j'opte pour une paire de chelsea cousues main, une pointure au-dessus de la mienne. Mon pied enflé apprécie.

J'enchaîne avec une chemise en twill que je n'aurai jamais les moyens de m'acheter et complète ma panoplie par une veste à la coupe droite qui fait disparaître mon petit ventre comme par magie. Quand j'en ai fini, l'immense miroir du dressing me renvoie l'image d'un banquier de Wall Street portant un masque de plâtre. Darkman, la classe en plus.

Au fond de la penderie, à peine cachées par des vestes de costume, je découvre une dizaine de robes splendides. J'en choisis trois parmi les plus simples, les pose sur le lit et quitte la chambre. J'en suis à explorer les placards de la cuisine quand j'entends la porte de la salle de bain s'ouvrir.

— Niazz ?

Sa voix est défaite. Je la trouve dans le couloir, les yeux rougis et les lèvres tremblantes. Elle a conservé sa parure dont les reflets illuminent son visage. Je repense à la première fois où je l'ai surprise en peignoir, dans l'univers chaleureux de son appartement, il y a à peine quelques jours. Mais c'était il y a une éternité, dans un autre monde. Elle s'effondre dans mes bras.

— Oh, Niazz, mon Dieu ! Qu'est-ce que j'ai fait ? Qu'est-ce que j'ai fait ?

— Ça va aller, Jenny. Tout ira bien. On va arranger ça.

Comme s'il était possible de redonner vie à un homme dont on a réduit le visage en compote.

Elle pleure longtemps, inondant ma veste à cinq cents dollars. Elle sent le shampoing. Elle se laisse complètement aller contre moi, terrassée, abandonnée, ses formes plaquées contre les miennes, et j'ai le nez dans son cou à la peau rosie par la chaleur de la douche.

— Le temps presse, maintenant, Jenny. Il faut nous en aller. Je vous ai trouvé des vêtements. J'espère que ça vous ira.

Elle se détache de moi. Je la guide jusqu'à la chambre, ramasse mes affaires souillées et lui désigne les robes.

— Essayez celles-là. Si ça ne va pas, il y en a d'autres dans la penderie, ici. Il y a également des sous-vêtements féminins dans ce tiroir et des chaussures dans celui-ci.

Elle ne répond rien, mais je constate à son attitude qu'elle remonte doucement la pente. Je ferme la porte et entasse mes vieilles affaires dans un sac poubelle trouvé dans la cuisine. J'y ajoute celles que Jennifer a abandonnées dans la salle de bain, manquant de vomir en les manipulant. Je ferme le sac poubelle de façon étanche et me lave frénétiquement les mains.

Je n'ai toujours pas clairement décidé quelle stratégie je vais suivre. Si je laisse ce sac poubelle ici, la culpabilité de Jennifer sera immédiatement établie, tout comme mon implication dans l'affaire. Si je l'emporte pour m'en débarrasser ailleurs, on pourra m'accuser d'avoir fait disparaître des pièces à conviction.

Jennifer me rejoint dans le salon. La robe qu'elle porte lui va parfaitement, à croire qu'elle a été conçue pour elle. Elle a choisi une paire de chaussures confortables, à semelles plates.

— Qu'avez-vous fait de l'arme ? lui dis-je.

Elle baisse le visage, gênée par ma question. Mais quand elle le relève, elle devine à mon expression que je ne vais pas abandonner le sujet.

— Je… je l'ai jetée.

— Où ça ?

— Dans la mer. Par là-bas.

Elle tend le bras en direction de la terrasse qui prolonge le salon et surplombe l'océan.

Elle a eu tort. Ça ne plaira pas au tribunal. On pourra toujours dire qu'elle a paniqué sous l'émotion, mais c'est un mauvais point.

— À qui était cette arme ? Comment l'avez-vous eue ?

— Elle était dans la boîte à gants de la voiture. Je savais que William en cachait toujours une dedans.

— Je vois.

— Maintenant, il faut qu'on brûle la voiture, dit-elle.

— Non. Ça ne fera qu'aggraver les choses. De toute façon, nous avons semé nos empreintes dans toute la maison. D'une manière ou d'une autre, ils remonteront jusqu'à nous.

— Vous ne comprenez pas… dit-elle.

Elle se remet à pleurer.

— Il faut y aller, lui dis-je.

— Où ça ?

— À la police. Il faut se rendre, il faut tout leur expliquer. Vous ne risquez rien.

— Mais qu'est-ce que vous racontez ? Je l'ai tué ! Il y a toutes les preuves dans la voiture, il faut la brûler !

— Non, Jennifer, c'est hors de question. Vous étiez en danger, il vous a enlevée, vous avez agi pour vous défendre. Je trouverai un bon avocat. Vous ne risquez rien.

— Imbécile ! hurle-t-elle. Il faut la brûler !

Elle me prend par surprise en fonçant sur moi et en me frappant la poitrine de toutes ses forces. Je recule instinctivement mon visage qui en a déjà assez reçu comme ça. Puis je l'emprisonne dans mes bras pour bloquer ses coups qui continuent à pleuvoir tandis qu'elle crie encore.

— Taisez-vous ! dis-je. Vous allez alerter les voisins ! C'est ça que vous voulez ?

Elle se relâche et pleure encore.

Tout ça est parfaitement normal. Ce qu'elle a vécu depuis ce matin est terrible.

Je la traîne vers l'extérieur. Elle tente une dernière fois de m'échapper par surprise, mais je lui serre le bras avec force et elle finit par comprendre que je ne céderai pas. Je me félicite d'avoir recouvert l'Oldsmobile d'une bâche, ça lui évite de revoir le terrible spectacle des vitres couvertes de sang. Je lui ouvre la porte de la Holden et l'assois côté passager. Elle s'effondre sur le siège, complètement abattue. Je contourne la voiture, m'installe au volant et mets le contact.

— S'il vous plaît, Niazz… Je ne peux pas. Je ne peux pas maintenant. Je vous en prie, donnez-moi du temps.

La détresse qui filtre à travers sa voix me comprime le cœur. Je l'imagine dans les mains de flics chauffés au rouge par les trois meurtres de ce matin. Ils vont la bousculer, l'insulter, employer tous les moyens possibles pour l'intimider et lui faire raconter ce qu'ils voudront. Elle va s'emmêler dans ses déclarations et compliquer sérieusement ses chances de s'en sortir. Elle ne doit pas leur dire qu'elle avait l'intention de maquiller son meurtre. Mais, dans l'état ou elle est, elle sera bien incapable de leur tenir tête. Si je l'emmène tout de suite à la police, malgré les circonstances atténuantes, elle s'en prendra au moins pour cinq ans. Si je lui donne un peu de temps pour se calmer et se préparer, elle sortira libre du tribunal.

Je pourrai toujours prétendre que c'était mon idée, que c'est moi qui ai refusé de me rendre tout de suite, que j'avais peur de perdre ma licence de détective et que j'ai paniqué. Dans tous les cas, je ne risque pas grand-chose.

Je passe la première et fais demi-tour.

— Ne vous inquiétez pas, lui dis-je. Je vous emmène vers l'ouest. La police attendra.

Chapitre quatorze

Nous avons roulé plus d'une heure en silence. J'ai contourné le centre-ville par l'Eastern Distributor, puis j'ai foncé vers Macquarie et Blacktown, en direction des Blue Mountains. Toutes les cinq minutes, je me tournais vers elle pour voir comment elle allait. Elle était invariablement prostrée dans la même position, la tête basse, les mains croisées sur les genoux et les pieds rentrés. Même ainsi, elle avait quelque chose de fier et d'indomptable.

Le moteur de la Holden ronronnait de plaisir pendant qu'elle grignotait les courbes. Derrière les vitres, les dernières traces de Sydney se perdaient dans le vert des collines. Nous passions de la géométrie chaotique de la ville à l'ordre angoissant de la nature. Mon esprit surfait entre les crêtes, fuyant le souvenir du massacre que nous laissions derrière nous. J'avais réagi comme une machine, occultant l'horreur de la situation pour gérer l'urgence. Mais je devinais que ça allait me travailler un bout de temps.

Pendant qu'on grimpait Mount Wilson, le ciel s'est couvert de nuages sombres et le décor s'est estompé dans une brume qui mouillait le pare-brise. On aurait dit que toute la vapeur de la ville s'était donné rendez-vous là.

Arrivés au sommet, on n'y voyait presque plus rien. J'ai allumé les phares pour faire briller les catadioptres qui bordaient la route. Je surveillais la ligne continue pour garder le cap. J'avançais tout doucement, en attendant que ça se dégage.

J'ai freiné brusquement quand mes phares ont débusqué quelque chose au milieu de la voie. Trois silhouettes immobiles, oreilles dressées, projetaient des ombres immenses sur le tapis grisâtre de l'arrière-plan. J'ai attendu. Elles se sont mises à bouger, comme à regret. J'ai avancé un peu. Elles se sont écartées avant de disparaître d'un seul coup vers le bas-côté.

J'ai fait descendre la vitre latérale couverte de buée pour tenter de voir ce qui se passait. Quelques mètres plus loin, un cadavre de wallaby à moitié dévoré s'étalait sur l'asphalte. Je l'ai contourné au pas. J'avais l'impression que la mort nous poursuivait. C'était seulement qu'on avait changé de monde, on était passés de l'autre côté.

On a commencé à redescendre vers l'ouest. Au bout de quelques kilomètres, l'air était redevenu transparent et le ciel limpide. La scène du wallaby s'effaçait de mon esprit comme le souvenir d'un rêve. Jennifer avait toujours le menton sur la poitrine, indifférente à tout ça.

J'ai repris une allure normale.

Je roulais vers le motel *Linden Tree* de Lithgow, un coin complètement paumé où personne n'aurait l'idée de venir nous chercher. Je conduisais la voiture de Wilfrid et je ne voyais pas comment les flics, aussi malins soient-ils, pouvaient le deviner. J'avais toujours sur moi une bonne partie du liquide que Jennifer m'avait donné pour l'enquête. Avec ça, on avait de quoi tenir un petit bout de temps. Et ensuite ?

Quelle que soit la façon dont je regardais les choses, j'étais en train de prendre la fuite avec une meurtrière. Depuis le premier jour de cette affaire, j'avais tout fait pour retarder autant que possible le moment où il me faudrait la perdre. Il n'y avait pourtant pas d'alternative. Tôt ou tard, elle m'échapperait et ça lui serait probablement égal. J'avais beau me promener dans un costume à mille dollars, je ne valais toujours pas grand-chose dans son univers. Je le savais parfaitement. Qu'est-ce que j'espérais, au juste ?

J'avais commencé par perdre mon chapeau. Et au cours des dernières vingt-quatre heures, mon pistolet, ma montre, mes fringues et mes chaussures. J'avais le visage en puzzle. À la fin du parcours, on me retirerait probablement ma licence de détective privé. J'étais en rupture avec tout ce qui avait représenté ma vie jusque-là. Voilà où tout ça me menait. À ma perte.

Aux environs de Richmond, j'ai vu que ma passagère redressait un peu le menton. J'ai supposé qu'elle reprenait du poil de la bête. J'avais des millions de questions qui se superposaient dans ma tête et je n'ai pas pu m'empêcher de la remettre sur le grill.

— Dans la maison de Parkinson, j'ai vu que quelqu'un avait fouillé le bureau. Et il y avait un tas de papiers étalés dans l'Oldsmobile. Qu'est-ce que ça veut dire ? Qu'est-ce qui s'est passé, exactement ?

Elle est retombée dans sa prostration et je me suis dit que j'avais eu tort. On était là pour qu'elle ait le temps de se remettre. Je n'avais aucune raison de la bousculer.

Mais elle s'est reprise et s'est mise à parler.

— Je t'ai menti, Niazz.

— À quel sujet ?

— Au sujet de ma relation avec Parkinson.

Depuis mon entretien avec Bropho, je savais qu'elle me cachait quelque chose là-dessus. Quelque chose qui n'allait sûrement pas me plaire.

— Je t'écoute.

— Notre liaison n'était pas tout à fait finie. On continuait à se voir de temps en temps. Les robes que tu as trouvées dans sa penderie sont les miennes. Les chaussures que je porte aux pieds sont les miennes. Quand il est parti de chez moi, d'une certaine façon, j'ai emménagé chez lui. Je n'y étais pas en permanence, seulement un à deux jours par semaine. On avait pris un peu de distance, mais on n'avait pas rompu. On ne pouvait pas.

— Pourquoi ?

— Parce qu'on avait… on avait des intérêts en commun.

— Quel genre d'intérêts ?

— Tu vas me détester, Niazz.

— Quel genre d'intérêts ?

— Je travaillais pour lui.

Ça m'a sonné comme un bon coup derrière le crâne.

— Tu faisais quoi ? ai-je demandé.

— Je participais à la gestion de ses affaires.

— De ses affaires ? Tu veux dire, de ses sales affaires ?

— Oui.

— Tu as trempé dans ce bourbier, dans le trafic de pierres, et tout ça ?

— Oui.

D'un seul coup, ça m'a semblé évident. Comment expliquer autrement le luxe dans lequel elle vivait ? Elle portait des robes de haute couture et des bijoux qui brillaient trop pour être en toc. Même s'il était meublé avec goût, son appartement témoignait du même attrait que celui de Parkinson pour les accessoires hors de prix. J'avais eu tout ça sous les yeux, bien en évidence, et j'avais avancé au milieu sans me poser de questions. J'étais vraiment le roi des imbéciles.

Je me suis demandé sur quoi d'autre elle m'avait menti.

— Steve, William et toi, vous veniez du même coin. Votre histoire remonte à loin, pas vrai ?

— Oui. On a grandi ensemble. William était comme un grand frère. Il m'a toujours fascinée. Je crois que je l'ai toujours aimé. Oh, Niazz, essaye de comprendre ! D'une certaine façon, c'était mon héros. Il me protégeait. C'était tellement dur ! On vivait dans la boue, on crevait de faim, on n'avait aucun avenir, le monde n'avait rien prévu pour nous, à part la vie affreuse que nos parents avaient connue. Ça a commencé quand on était adolescent. William m'apportait des cadeaux, des robes, des bijoux, des choses merveilleuses qu'il volait pour moi. Il était mon aîné de deux ans. Il me dominait et me possédait de toutes les façons possibles. Il me…

— Et Steve ?

— Steve a toujours eu plus de recul. Ça explique ce qui s'est passé ce matin. Mais il a suivi William parce qu'il n'avait pas le choix. Ils ont commencé à monter des combines ensemble. J'y participais quand je le pouvais. Ils cambriolaient des petits magasins et j'aidais à écouler la marchandise.

— Nom de Dieu !

— On était des gamins, Niazz ! On ne réalisait pas ce qu'on faisait. C'est Steve qui prenait toujours les risques. William se débrouillait pour ça. Steve le savait, mais il s'en fichait. On ne se posait pas trop de questions à l'époque. Mais on a fini par grandir. Steve s'est fait attraper pour un vol de voiture. Mes parents ont dû négocier avec les propriétaires pour qu'ils retirent leur plainte. Ça nous a fait redescendre sur terre. On s'est dit qu'on n'était pas invincibles, en fin de compte. On allait finir en prison comme n'importe qui. Steve et moi, on a décidé de s'éloigner de tout ça. On est venus à Sydney. Moi, j'ai fait des études et j'ai obtenu un travail. Steve n'a pas réussi à s'en sortir aussi bien. Mais il s'est rangé peu à peu. Tout commençait à rentrer dans l'ordre…

— Jusqu'à ce que Parkinson vienne vous rejoindre.

— Oui.

Elle a marqué une pause. Ses yeux étaient remplis de larmes qui brillaient comme des diamants. J'ai attendu. Il nous restait du temps. Elle a repris sans que j'aie besoin de l'encourager. Il fallait bien qu'elle aille au bout, de toute façon. Je ne voulais plus de secrets, plus de mensonges. J'allais la cuisiner jusqu'à y voir clair.

— William a prétendu qu'il s'était rangé lui aussi, a-t-elle dit. Il s'était lancé dans le commerce des pierres. C'était comme une revanche. Il était passé de l'autre côté, celui des gens malins, de ceux qui s'en sortent. Et il nous a proposé d'en profiter à notre tour. Moi, j'avais mon travail et je voulais le garder. Je te jure, Niazz ! Je ne voulais plus avoir affaire à lui. Mais, à ce moment-là, Steve allait de petits boulots en petits boulots et il a eu la bêtise de croire que William avait changé pour de bon. Il a commencé à transporter les pierres. C'était facile, ça payait bien. Il a bien vu qu'il se passait des choses bizarres, mais il s'est dit que ça ne le regardait pas. Il avait des ordres de mission en bonne et due forme. Il les suivait à la lettre et se faisait payer de façon légale. Ça lui suffisait. Steve était quelqu'un de simple.

— Mais toi, tu as cherché à en savoir plus.

— C'est le rôle que j'ai toujours eu. Depuis qu'on était petits, c'était moi qui veillais au grain, qui réfléchissais aux conséquences, qui mesurais le danger.

— Alors, tu as finalement repris contact avec Parkinson.

— J'ai cru que j'étais devenue assez forte pour le faire. Que je pourrais résister à l'emprise qu'il avait eue sur moi quand j'étais plus jeune. Je voulais seulement veiller sur Steve. Ce que je n'avais pas imaginé, c'est que William avait réellement changé. Le pouvoir et la réussite l'avaient transformé. Il était devenu l'homme qu'il avait toujours rêvé d'être : un gagnant, un vainqueur. Il rayonnait de tout ça et, en même temps, il semblait s'être adouci. Sa position suffisait à imposer le respect. Il ordonnait et les gens obéissaient. J'ai été fascinée, encore une fois.

— C'est comme ça que tu as commencé à travailler pour lui ?

— Je me suis menti à moi-même. Je me disais que c'était juste un moyen d'en savoir plus. Mais j'étais retombée amoureuse.

— Très bien. Ça suffit comme ça.

— Je croyais que…

— Je n'ai pas besoin de détails là-dessus. Dis-moi simplement pourquoi tu as fouillé le bureau et ce que tu as fini par trouver. Dis-moi pourquoi l'Oldsmobile était pleine de papiers, pourquoi tu tenais tellement à la brûler. Qu'est-ce que tu voulais faire disparaître ?

— Toutes les preuves, Niazz.

— Quelles preuves ? Les preuves de quoi ?

— Les preuves de mon implication dans les affaires de William. Après la fusillade de ce matin, je savais que la police allait venir. Ce salaud avait un dossier sur moi, sur tout ce que j'avais fait. Il ne se contentait pas de me tenir par les sentiments. Il me tenait aussi par la menace. Il avait des dossiers sur tout le monde, sur chacun de nos partenaires… Tu ne peux pas imaginer quel genre d'homme c'était. Tu ne peux pas ! Il calculait tout, il jouait sans cesse avec les autres, il…

— Tais-toi, s'il te plaît.

J'avais envie de vomir. Alors qu'elle venait de tuer un homme, son premier réflexe avait été de faire disparaître ce qui l'inculpait. Elle s'était débarrassée de l'arme et avait voulu détruire les papiers et le cadavre. Quel genre de personne pouvait réagir de cette façon ? Qu'est-ce qu'elle avait dans la tête ?

Nous n'avons plus desserré les dents pendant le reste du trajet. À chaque carrefour, j'étais tenté de faire demi-tour et de la ramener à Sydney. Je ne comprenais pas pourquoi je continuais malgré tout. Avec ce qu'elle venait de m'apprendre, elle n'échapperait pas à la prison. Son implication dans les trafics de Parkinson aggravait salement sa situation. J'avais voulu la sauver. Au lieu de ça, en l'empêchant de brûler l'Oldsmobile, je l'avais condamnée de façon certaine. Nous avions laissé la porte du garage grande ouverte et ça avait probablement fini par intriguer l'un des voisins, tout comme la bâche dont j'avais grossièrement recouvert la voiture. Les flics allaient tout découvrir. Qu'est-ce que j'y pouvais, maintenant ? Il était trop tard pour arranger les choses.

J'étais moi-même dans un beau pétrin. J'avais laissé mes vêtements chez Parkinson, dans le même sac que ceux de sa meurtrière. Mes empreintes étaient partout et j'étais évidemment fiché en tant que détective. Ils n'allaient pas tarder à m'identifier et à se poser des questions sur le rôle que j'avais joué dans l'histoire. Ça sentait de plus en plus mauvais.

À l'entrée de Lithgow, je me suis engagé dans Brewery Lane — encore une impasse — et j'ai longé cette petite route verdoyante jusqu'au bout, jusqu'au motel où j'avais prévu de nous planquer. J'avais découvert l'endroit vingt ans plus tôt, à l'occasion d'une virée dans l'*outback* avec mes parents. À l'époque, j'y avais vu une sorte de frontière, un point de pivot entre la routine de notre vie quotidienne et les deux semaines d'aventures qui nous attendaient par-delà les montagnes.

Je me suis garé sur le rond-point qui desservait le motel. Une fois le moteur coupé, un silence extraordinaire nous est tombé dessus, à peine troublé par le gazouillis d'un siffleur doré. L'air était parfumé. Une petite bonne femme toute ronde se tenait sur le seuil de l'établissement. Avec son sourire, son tablier rose, la dentelle qui recouvrait son chignon et le soleil qui baignait l'ensemble, on aurait dit une scène de la série *Le prisonnier.* Elle nous a couvés du regard pendant qu'on descendait de voiture, sans doute prête à lancer une remarque flatteuse sur le couple que nous formions, sur la beauté de la jeunesse ou une autre connerie du même genre. Mais je me suis avancé et elle s'est figée, la bouche entrouverte, en voyant mon masque de plâtre. Nous sommes parvenus jusqu'à elle avant qu'elle ne trouve une autre idée.

— Je me disais bien que j'aurais de nouveaux clients aujourd'hui ! a-t-elle finalement improvisé.

— Eh bien, nous voilà.

— Je vais appeler Walter pour décharger vos bagages !

— Nous n'avons pas de bagages.

— Pas de bagages ?

— Pas de bagages.

J'ai vu que ça tournait dans sa tête comme dans un manège : *pas de bagages, pas de bagages…* ça lui en fichait un coup. J'ai attendu de voir si elle allait nous faire une syncope. Mais non. Elle a gommé la chose de sa mémoire et son sourire artificiel s'est réinstallé sur ses lèvres.

— Quelle merveilleuse journée d'hiver, n'est-ce pas ? Walter en a profité pour tondre la pelouse, regardez comme c'est beau. C'est beau, n'est-ce pas ? Figurez-vous que j'avais prévu votre arrivée. J'ai justement une chambre libre ! C'est une très belle chambre, vous verrez ! Avec un grand lit double et une…

— On prendra une chambre avec des lits séparés.

— Des lits séparés ?

— C'est ça.

— Eh bien… oui, j'ai aussi une chambre avec un lit double et un lit séparé.

— Ça ira.

— J'espère que le chien ne vous dérangera pas, demain matin. C'est la campagne, vous savez. Il n'est pas méchant, mais il aboie quand le coq chante. Nous l'avons appelé Bobby. Je parle du chien, naturellement ! Le coq s'appelle Ronald et nous avons aussi un chat, Sylvestre, vous le verrez tout à l'heure. Quant à moi, je m'appelle Sandy. Savez-vous que nous avons déjà eu des célébrités dans notre motel ? Vous ne devinerez jamais qui !

J'ai payé pour la nuit et nous nous sommes échappés dans le couloir. Depuis le hall, la grosse dame nous a accablés de bavardages jusqu'à ce que je referme la porte de la chambre. Nous nous sommes assis sur nos lits respectifs. Il était encore tôt dans l'après-midi.

Nous n'avions rien à faire et plus grand-chose à nous dire. Je me suis allongé, j'ai fermé les yeux et je me suis aussitôt endormi comme une masse. Quelque part au fond de moi, j'avais certainement décrété que c'était la meilleure façon de calmer le fleuve désordonné de mes pensées.

Dans mon rêve, Jennifer portait le tablier rose et le chignon en dentelle de la gérante. Elle avait préparé un dîner romantique à mon intention, orné de bougies et de fleurs odorantes, sur une nappe brodée de fils d'or et d'argent. Lorsqu'elle a soulevé le couvre-plat dans un sourire radieux, j'ai découvert une cervelle humaine fumante, posée sur un lit d'épinards. Le pire, c'est que ça sentait bon.

Je me suis réveillé en sursaut. Je n'avais rien mangé depuis la veille au soir et j'avais régurgité la moitié de ma portion frites-poulet suite à ma bagarre avec Anun.

Je me suis relevé sur ma couche. J'avais sans doute dormi une bonne heure. Pour ce que j'en voyais, Jennifer avait occupé ce temps à ruminer en silence. Elle était exactement dans la position où elle s'était installée en arrivant.

— C'est toi qui avais raison, a-t-elle dit. On aurait dû aller directement à la police. Qu'est-ce qu'on fait ici ?

Son visage était creusé par les larmes.

On dit que lorsque Dieu veut punir les hommes, il exauce leurs vœux. Quelques jours plus tôt, j'aurais vendu mon âme pour me retrouver seul avec Jennifer. Aujourd'hui, j'en faisais des cauchemars.

— Tu me trouves monstrueuse, n'est-ce pas? a-t-elle dit.

— Non.

— Bien sûr que si. Et tu as sans doute raison. Au fond, je ne vaux pas mieux que William.

J'avais la tête encore embrumée de sommeil. J'ai traversé l'espace qui nous séparait et je me suis accroupi au bord de son lit avant de lui prendre la main. Elle était brûlante.

— Ne dis pas de bêtises. Allons manger. On y verra plus clair ensuite.

— Qu'est-ce que tu veux faire de moi, maintenant?

— Comment ça?

— Tu m'as empêchée de brûler la voiture, tu voulais m'emmener à la police… Qu'est-ce que tu veux faire de moi?

— Je voulais seulement t'aider, Jennifer. Je ne pouvais pas savoir.

— Tout est fichu, maintenant. J'ai tout perdu.

— Je sais. Ce n'est pas ce que je voulais.

— Et si tu avais su? Si tu avais su que je travaillais pour William, qu'est-ce que tu aurais fait? M'aurais-tu aidée à brûler la voiture?

— Peut-être. Je ne suis pas là pour te juger, Jenny.

— Pourquoi es-tu là, alors? Pourquoi es-tu encore là?

— Je crois que tu le sais.

Elle m'a scruté longuement, comme pour me jauger, puis son regard s'est adouci.

— Tu es complètement fou. Tu as tout à perdre.

— Allons manger, maintenant.

Je me suis relevé sans lui lâcher la main et je l'ai entraînée avec moi hors de la chambre. Par bonheur, la gérante avait déserté le hall d'entrée et nous avons rejoint la voiture sans encombre. Jennifer est restée silencieuse pendant toute la traversée de Brewery Lane, puis, lorsque nous nous sommes engagés sur Bells Road, elle s'est penchée vers moi et m'a embrassé sur la joue. La dernière fois qu'elle avait fait ça, j'avais considéré que j'avais perdu la partie avec elle. Cette fois-ci, son baiser ressemblait à une promesse.

Chapitre quinze

Comme la plupart des villages de l'arrière-pays, Lithgow n'est composé que d'une seule rue dont les façades en bois surmontées de pinacles évoquent un décor de western. On y trouve cinq ou six restaurants. J'ai opté au hasard pour l'*Eden Garden* et sa devanture modeste. À cette heure de l'après-midi, l'endroit était désert et le serveur nous a fait clairement comprendre qu'il n'était pas ravi de se voir dérangé. Derrière le comptoir, une jeune femme décoiffée lui lançait des regards brûlants qui laissaient imaginer bien des choses sur les minutes précédant notre arrivée. Le garçon nous a placés sur la terrasse arrière qu'une fontaine gréco-romaine en plastique éclaboussait de son romantisme industriel. Le mur était couvert d'un lierre épais et de pots de fleurs suspendus par des fils de fer rouillés. Jennifer s'est installée et le lieu est effectivement devenu le jardin d'Eden.

J'ai commandé deux bières.

Nos regards se sont fuis. Les heures avaient défilé, mais la brutalité des événements nous assommait encore. Elle nous avait arrachés à nos existences et projetés dans cette ville de passage où rien ne semblait réel. Nous ne savions pas quoi dire. Ça ne me gênait pas. J'avais envie qu'on passe le reste de la journée à se regarder en silence. J'aurais aimé effacer le futur en même temps que le passé, qu'on reste simplement là, pour l'éternité, devant cette superbe fontaine en plastique.

— Je n'irai pas en prison, a soudain dit Jennifer. C'est hors de question.

— Comment ça ?

— J'ai tout perdu, Niazz, mais je suis toujours capable de me battre. Je peux recommencer. Je suis encore jeune.

— Tu veux fuir ?

— Oui.

— Ils te retrouveront.

— Non. Je sais comment faire. J'irai dans le Nord.

— Tu n'as même pas d'argent.

— Je me débrouillerai. S'ils me mettent en prison, je serai vieille et brisée en sortant de là. J'aimerais mieux mourir tout de suite.

— Ne dis pas ça.

— C'est vrai, Niazz. J'aimerais mieux mourir tout de suite. J'y ai pensé, tu sais, pendant qu'on roulait dans les montagnes. Ça ne demande qu'un tout petit peu de courage, et puis… tout est terminé.

— Ne dis pas ça.

— J'irai dans le Nord.

J'ai piqué le nez dans ma bière. Sa décision me concernait. Elle faisait définitivement de moi son complice.

— Viens avec moi, a-t-elle ajouté.

Nous y voilà, a dit quelqu'un dans ma tête. Tout ça coulait de source. Je l'avais senti venir depuis que nous avions quitté Sydney.

Ma longue virée nocturne avec Wilfrid m'avait rappelé mes désirs d'enfant. Comme lui, j'avais rêvé d'être pirate, de défier les lois, l'ordre et la morale, et de vivre libre. Et puis j'avais grandi et je m'étais embourbé dans une vie plate, cadrée par mes principes de gentil garçon. J'avais tout foiré. C'était quoi, l'étape suivante? Adopter un chien? Jennifer me proposait de recommencer à zéro. Elle m'offrait une deuxième chance.

Le serveur nous a apporté nos plats. Il avait un suçon écarlate dans le cou. Apparemment, notre présence n'avait pas dissuadé les tourtereaux de continuer leurs jeux amoureux. Ils étaient coincés dans ce village perdu et condamnés pour l'éternité à leurs boulots minables. Ils avaient quand même trouvé le moyen d'y mettre un peu de piment.

— Laisse-moi y réfléchir une minute, ai-je dit à Jennifer.

— D'accord.

Nous avons mangé. Elle semblait aussi motivée que moi. Elle empilait les frites dans sa bouche avec une méthode irréprochable.

Je n'ai jamais été capable de me décider rapidement. Je devais pourtant faire un choix sur-le-champ. Un choix qui déterminerait entièrement mon avenir.

Cooper & Son était au bord de la faillite, je ne perdais pas grand-chose en l'abandonnant pour de bon.

Mes seuls amis étaient un restaurateur et un barman avec qui je venais de sympathiser. Il y avait ma trompette. J'aurais vraiment voulu retourner la récupérer à mon appartement. C'était une vieille trompette, oxydée et cabossée, mais c'était la mienne.

Au fond, ça se résumait à ça : Jennifer ou ma trompette.

— Il faudra qu'on change de nom, lui ai-je dit.

— Oui.

— Mon paternel va se retourner dans sa tombe. Il en était fier, de ce nom.

— D'où vient-il ?

— De Serbie. Mon père a débarqué de là-bas dans les années cinquante.

— Il a sûrement dû faire des choix difficiles, lui aussi.

— J'imagine.

Elle était détendue, maintenant. Les sillons de ses larmes se comblaient déjà. Elle était belle comme un matin de printemps.

On a fini de manger. Je n'ai rien laissé sur mon os. Elle non plus.

— Rentrons, ai-je proposé.

La jeune femme qui se tenait au comptoir était rouge pivoine quand nous nous y sommes arrêtés pour régler la note. En retrait, le garçon en sueur donnait l'impression d'avoir couru un cent mètres. Nous avons fait semblant de ne rien remarquer.

J'ai ouvert la portière de la voiture à Jennifer, comme le font les gentlemen dans les films, et nous sommes repartis vers le motel.

— Peut-être qu'on devrait éviter les villes pendant un certain temps, ai-je dit en remontant Brewery Lane. On pourrait s'installer dans une ferme. J'y connais rien, mais je suis sûr que ça me plairait de jouer au cowboy. Je rentrerais les vaches tous les soirs et j'aurais la peau burinée par le grand air.

Elle a éclaté de rire.

— Et toi, ai-je poursuivi, tu me mijoteras de bons petits plats avec des pommes de terre et des carottes. Tu sauras faire ça ?

— Je pourrais essayer. Mais seulement s'il y a du soleil dans la cuisine.

— Du soleil ?

— Oui. Il faut une grande fenêtre dans la cuisine. Avec du soleil qui rentre toute la journée.

— On trouvera ça, ai-je dit avec conviction.

À notre retour au motel, le hall était occupé par un homme maigre et taciturne. Walter, le mari de la grosse dame, sans doute. Les tendons de ses mains et de son cou affleuraient sous sa peau comme des cordes fatiguées. La vie l'avait usé jusqu'à la trame. Deux poches creuses et violettes pendaient sous ses yeux et je me suis demandé si elles se remplissaient comme des petits lacs lorsqu'il pleurait. Je n'étais pas sûr qu'il savait pleurer. Il nous a à peine regardés quand nous sommes passés devant lui. Il me faisait un peu peur.

J'ai pris la main de Jennifer. Elle m'a souri comme si c'était parfaitement naturel. Nous avons marché jusqu'à la chambre et nous nous sommes assis sur nos lits respectifs.

Le scénario qui se jouait était d'une clarté limpide. Je savais ce que j'étais censé faire et Dieu sait que j'en mourais d'envie. Mais il y avait encore une chose que je devais éclaircir. Une dernière chose.

— Pourquoi suis-je là, Jenny? ai-je demandé. Pourquoi as-tu fait appel à mes services? Qu'est-ce qui s'est réellement passé avec Steve?

Sa mine s'est rembrunie.

— J'en ai assez, Niazz. Tu veux vraiment qu'on reparle de ça?

— J'ai besoin de comprendre. Ça ne me laissera pas en paix.

Elle s'est levée et s'est placée au-dessus de moi. Elle a posé sa jambe repliée en travers de mes cuisses, m'empêchant ainsi de venir à sa rencontre. Puis elle a saisi mon menton dans le creux de sa main. Son expression montrait à quel point cette position dominante lui plaisait. Elle s'est inclinée et m'a embrassé. Un long baiser étourdissant, doux et sauvage, auquel elle a mis fin de façon tout aussi inattendue. Elle est encore restée penchée au-dessus de moi pendant quelques secondes, ses cheveux me caressant le visage, puis elle est retournée s'asseoir sur son lit comme si de rien n'était. J'avais le goût de sa bouche dans la mienne. J'étais brûlant et glacé en même temps, déchiré en deux et incapable de recoller les morceaux. Elle m'observait avec un petit sourire satisfait.

— Tu veux vraiment qu'on reparle de ça?

Je ne pouvais pas lui répondre, j'avais le souffle coupé. J'ai hoché la tête.

Elle a soupiré.

— Il y a quelques semaines, Steve a découvert que nos affaires ne se limitaient pas au commerce des pierres précieuses. William a créé une société de distribution d'appareils électroménagers dans le Nord, mais ça n'est qu'une façade. Il s'est associé avec…

— Quatermaine et Wilson, ai-je dit dans une expiration.

— Comment peux-tu savoir ça ?

— Peu importe. Je sais qu'ils sont impliqués dans un trafic de drogue dont Parkinson blanchit les revenus.

Jennifer s'est tassée sur elle-même.

— Tu ne peux pas être au courant, c'est impossible !

— La police est au courant. D'une façon ou d'une autre, ils vont les coincer. Au bout du compte, tu serais tombée avec eux.

— Tu travailles pour la police ?

Elle me regardait à présent comme un ennemi.

— Non, Jennifer. Je travaille pour toi. Je nageais en plein brouillard et j'ai mené mon enquête, c'est tout.

L'ambiance est restée flottante. Mais elle n'a pas mis plus de quelques secondes à intégrer l'information et à se reprendre.

— De toute façon, ça n'a plus d'importance, a-t-elle dit.

— Non. Mais j'ai besoin de comprendre.

Elle a encore semblé hésiter un petit moment, comme si elle se méfiait toujours de moi.

— Vas-y, ai-je dit.

— Steve allait nous trahir, il allait tout raconter à la police. William a décidé de l'éliminer. Moi, je croyais que je pourrais le raisonner. C'est pour ça que je t'ai demandé de le retrouver.

— Steve savait-il que tu travaillais avec Parkinson ?

— Non. Je le lui avais caché jusque-là. J'ai dû le lui dire. Je pensais qu'il comprendrait.

— Tu as dû le lui dire ? Quand ça ?

Ses yeux se sont envolés vers le lointain, puis elle m'a regardé comme si ma question lui échappait. Quelque chose était en train de se passer en elle. Elle revivait sans doute une partie du drame de ce matin.

— Tu lui as parlé avant que Parkinson ne l'abatte ?

Cette évocation l'a secouée un peu plus. Ses lèvres se sont mises à trembler. J'ai eu l'impression qu'elle était retombée en état de choc.

— C'est ce que tu crois, n'est-ce pas ? m'a-t-elle dit. Tu crois que c'est William qui a tué Steve ?

— Qui d'autre ?

J'étais complètement perdu. Était-ce finalement Anun ? Et pourquoi ?

Elle s'est tassée sur elle-même et le feu qui brûlait dans ses prunelles s'est éteint d'un seul coup.

— Excuse-moi, a-t-elle dit. Je suis fatiguée. Tellement fatiguée !

— Oublions ça. Pardonne-moi. C'est toi qui as raison : tout ça n'a plus aucune importance.

Si je voulais tirer un trait sur le passé, il fallait commencer maintenant. Je devais m'inspirer de la façon dont elle abordait la vie, accepter le présent, regarder vers le futur, et oublier le reste. Steve était mort. Peu importait comment.

— Je vais aller à la réception, dis-je. Je dois donner un coup de téléphone au gars qui m'a prêté la voiture. Tu veux bien m'attendre un peu ?

— Tu dois vraiment y aller maintenant ?

Elle avait toujours l'air bouleversé.

— Je n'en ai pas pour longtemps. Tu crois que je peux te laisser ?

— C'est bon. Je vais me rafraîchir. Je t'attends.

Chapitre seize

Je suis sorti pour gagner le hall d'entrée. Il n'y avait personne au comptoir. Par la porte vitrée, j'ai vu que le vieux Walter était en train de tailler les haies.

Je me suis approprié le téléphone et j'ai appelé Wilfrid. Je lui ai dit que j'allais garder la voiture quelques jours. En retour, il m'a appris que Burnett avait cherché à me joindre. J'avais le hall rien que pour moi, je ne me suis pas gêné pour passer un deuxième appel.

— Promets-moi que tu ne me demanderas jamais d'enquêter sur ma mère, m'a dit Burnett quand je me suis présenté.

— Pourquoi ça ?

— Tu m'as demandé d'enquêter sur Parkinson, et il est mort. Tu m'as demandé d'enquêter sur Steve Page, et il est mort. J'ai l'impression d'être devenu chroniqueur pour une rubrique nécrologique.

— Alors, tu es au courant.

— Toi aussi, on dirait. Tu n'as pas l'air surpris.

— Ils ont déjà trouvé Parkinson…

— Avec ton Thaïlandais, allongés sur le trottoir, ouais. Et le plus fort, c'est que les trois morts semblent liées. D'après l'expert de la balistique, Parkinson a tué le Thaïlandais, mais il y avait un troisième gars impliqué dans la fusillade qui s'en est sorti. Et comme on a retrouvé Steve Page dans l'Oldsmobile de Parkinson, on peut supposer qu'il s'est tiré avec la voiture après le règlement de compte. La question qui reste à éclaircir, c'est : qui a tué Page ? Les flics sont en train de rechercher une fille, une certaine Jennifer Leight, qui est peut-être impliquée. La fusillade a eu lieu juste devant chez elle et la porte de son appartement a été forcée. Mais la fille n'est plus là. Pour une sacrée histoire, c'est une sacrée histoire ! En tout cas, mon boulot est terminé, pas vrai ?

J'ai reposé le combiné, abasourdi. Je me suis repassé le film de la matinée en pointant mes conclusions trop rapides. J'avais vu ce que je voulais voir au lieu de regarder les choses telles qu'elles étaient. Comme détective, je ne valais vraiment pas un clou.

Je suis revenu à la chambre. Jennifer n'y était plus. J'ai tourné en rond, désemparé, puis j'ai exploré les quelques parties communes du motel, sans succès. Je suis finalement sorti pour demander au vieux s'il savait quelque chose. Il l'avait vue sortir par la porte du jardin. Elle était partie à pied en direction de la ville.

Elle avait décidé de s'en sortir seule, en fin de compte. Ça ne m'étonnait pas. Mais sans voiture et sans argent, qu'est-ce qu'elle comptait faire ?

J'ai sauté dans la Holden et je me suis lancé dans Brewery Lane. J'avançais doucement, examinant les bas-côtés en me disant qu'elle chercherait peut-être à se cacher en m'entendant arriver. La route était bordée de champs largement dégagés. Hiver oblige, ils étaient vierges de plantations. Au rythme où j'allais, je ne pouvais pas la rater.

Au bout de quatre kilomètres, j'ai dú me rendre à l'évidence : même une championne de course de fond n'aurait pas parcouru une telle distance à pied dans un délai aussi court. Quelqu'un l'avait embarquée. Elle était peut-être déjà loin.

Faute d'une meilleure idée, je suis revenu au motel. Le vieux était toujours sur ses haies. Il m'a lancé un regard vaguement moqueur. Il devait croire à une dispute d'amoureux. Je lui aurais bien balancé un coup de poing pour me défouler, mais je n'avais plus d'énergie. Dans le hall, la dame en rose s'était remise à son poste. Elle semblait déjà informée de l'affaire et me regardait d'un air qui se voulait compatissant. Elle aussi, je l'aurais volontiers giflée.

— Je peux faire quelque chose ? a-t-elle bêtement demandé.

Elle se mordait la lèvre inférieure d'une façon qui aurait sans doute eu l'air sexy si elle avait eu quarante kilos et trente ans de moins. En l'état, ça ne donnait rien de bon.

— Votre dame n'avait même pas de sac. Elle connaît quelqu'un dans le village ?

— Pas que je sache.

— Ça n'est pas prudent de se promener seule, comme ça, pour une belle dame comme elle. Ça ne me viendrait pas à l'idée.

En disant ça, elle a rabattu une mèche de cheveux avec coquetterie. Mon œil s'est arrêté sur les fausses perles qui ornaient ses lobes plissés et j'ai eu un éclair de génie.

— Y a-t-il un prêteur sur gages à Lithgow ? ai-je demandé.

La vieille dame a posé la main sur sa gorge, à l'endroit où brillait la parure de diamants de Jennifer, puis elle s'est frappé le front, comme si c'était elle qui venait d'avoir l'idée.

— Je vais poser la question à Walter.

Elle s'est lancée au-dehors en beuglant « Walter ! Walter ! » Ça faisait autant de vent et de bruit qu'un camion de pompier en pleine course.

J'essayais de calculer mes chances. Je me suis dit que l'expertise demanderait du temps. Les pierres devraient être minutieusement examinées une à une. Ça prendrait au moins une heure, de quoi rattraper mon retard.

La gérante avait le visage cramoisi par l'excitation quand elle est revenue.

— J'aurais pu y penser toute seule ! Il y a *Captain Cash*, à côté de la pharmacie. Je passe tous les jours devant, mais je suis une tête de linotte !

Je suis remonté dans la Holden et j'ai foncé comme un dingue en direction du village.

Jennifer sortait tout juste de la boutique quand je suis arrivé. Son collier avait disparu. Elle tenait un sac en papier à la main, en guise de porte-monnaie. Elle n'a pas eu l'air étonnée de me voir.

— Il ne fallait pas te déranger. J'allais te rejoindre. J'ai pensé qu'on aurait besoin d'argent et je voulais te faire une surprise…

— C'est gentil, ai-je répondu. Allons-y, maintenant.

Nous sommes retournés à la voiture.

À la sortie du village, au lieu de continuer sur Gas Works Lane, j'ai pris Chifley Road, en direction de Sydney. Au moment où j'ai bifurqué, elle m'a lancé un regard en coin, rien de plus. Je suis pourtant sûr qu'elle avait compris.

— Tu sais, j'étais vraiment prêt à partir avec toi, ai-je dit au bout d'un moment.

Elle a eu un sourire amer.

— Non, Niazz, tu n'étais pas prêt, je le vois bien, maintenant. Tu voulais juste rêver un peu et, quand tu en as eu assez, tu m'as jugée et tu m'as condamnée.

— Je vais laisser la justice se charger de ça.

— Bien sûr ! C'est tellement facile !

— Nom de Dieu, Jennifer ! J'ai cru que tu avais tué Parkinson en état de légitime défense, mais ce n'était pas lui, dans la voiture. C'était ton cousin. Tu disais qu'il était comme ton frère !

Elle s'est dressée sur son siège, en furie.

— Tu t'es inventé une histoire qui te convenait, pas vrai ? Imbécile !

Je n'avais rien à répondre. Elle a repris, moins fort :

— Moi, je croyais que tu savais et que tu m'aimais quand même. J'ai vraiment cru que tu m'aimais...

— Mais pourquoi l'as-tu tué, bon sang ?

— Tu n'as donc rien compris? Il voulait tout apporter à la police, toutes les preuves! Je lui ai dit qu'il fallait les détruire, que j'étais impliquée… Il est devenu fou furieux. Il s'est senti trahi. Il n'a pas voulu m'entendre. Qu'est-ce que je pouvais faire?

Je me suis reconstruit la scène, morceau par morceau. La fusillade devant l'appartement; Jennifer et son cousin qui prenaient l'Oldsmobile pour foncer chez Parkinson; lui avec l'intention de se racheter aux yeux de la police, et elle qui voulait tout effacer. Elle ne lui avait avoué son véritable rôle qu'au tout dernier moment, juste avant de l'abattre. Je me suis demandé depuis quand elle projetait de le tuer.

— Tu étais vraiment sur le point de t'en tirer quand je suis arrivé. Pourquoi ne m'as-tu pas tué, moi aussi? ai-je demandé.

— Je n'avais plus d'arme. Je te l'ai déjà dit, je l'avais jetée à la mer.

— Alors tu as essayé de te servir de moi. De toutes les façons possibles.

— C'est toi qui t'es servi de moi, idiot! Et tu as tout fichu par terre. Tu n'es qu'un loser! Tu as tout gâché!

La nuit est tombée doucement sur les montagnes que nous traversions. À l'endroit où j'avais vu le wallaby, il n'y avait plus qu'une tache de sang séchée sur le bitume.

Nous avons roulé en silence jusqu'au poste de police. Elle n'a pas résisté. Elle savait que je ne lui laisserais plus l'occasion de s'enfuir.

J'ai expliqué qui elle était, ce qu'elle avait fait et le rôle que j'avais joué dans tout ça. Il m'a fallu deux heures pour compléter ma déposition.

Ils l'ont menottée et me l'ont prise.

Épilogue

D'après ce qu'on m'a dit, le procès de Jennifer aura lieu dans six mois. Je suis cité comme principal témoin à charge. Je m'y rendrai, bien sûr. Pour le reste, j'essaye de ne plus y penser.

J'ai récupéré mon pistolet. Un passant l'a déposé à la police après l'avoir trouvé sur le trottoir. Ils m'ont identifié grâce au numéro de série et m'ont prévenu. L'administration de l'hôpital m'a contacté, elle aussi. Il a fallu que je signe une tonne de décharges pour régler l'histoire de ma sortie en catastrophe. Après ça, ils m'ont rendu ma montre. Elle est cassée. Je ne sais pas si je vais pouvoir la faire réparer.

Avec tout ce qu'il a récupéré dans l'Oldsmobile, Bropho est en train de démonter le réseau de Quatermaine pièce par pièce. Il y a des arrestations chaque jour. Jennifer a déballé tout ce qu'elle savait en échange d'une réduction de peine. Les journaux multiplient leurs gros titres là-dessus. Bropho se fait mousser autant qu'il peut et je suis parfois cité comme le sauveur de la nation, celui qui a fourni les éléments principaux du dossier.

Je ne m'attendais pas à ce que ça ramène autant de clients à l'agence. La boîte aux lettres est pleine de courrier. Hier soir, j'y ai pioché une lettre au hasard, par curiosité. Elle émanait d'un certain Lee, Alvin de son prénom, demeurant quelque part en banlieue. Après avoir repéré mon nom dans la presse, il dit avoir eu mon adresse par l'intermédiaire de Bropho qu'il prétend connaître personnellement. Il me propose un rendez-vous pour aujourd'hui, seize heures. Il m'assure que c'est très important et que mon prix sera le sien. Il compte sur moi pour être ponctuel, son temps est précieux. Il me salue, tout de même, en bas de la page. Pourquoi Bropho a-t-il donné mon adresse à cet inconnu ? Mystère. Quel genre de travail cet Alvin veut-il me confier ? Mystère. Serai-je au rendez-vous ? Mystère encore. Le ton de la lettre ne m'a pas plu.

Il y avait aussi une lettre de Jennifer dans la boîte. Je l'ai mise dans ma poche sans la lire.

Normalement, je ne relève plus le courrier. J'ai proposé à Burnett de reprendre du service. Désormais, c'est lui qui s'occupe de recevoir les gens. Il s'en sort mieux que moi. J'ai trois affaires en cours, en ce moment. De la routine, rien de bien compliqué. Ça ne m'empêche pas de continuer ma petite vie et de passer régulièrement chez le Grec pour savourer sa cuisine. Après quoi, je vais saluer Wilfrid, évidemment. J'ai fait reluire les chromes de la Holden avant de la lui rendre. Elle était impeccable. À chaque fois qu'on en a le temps, il me demande de lui raconter tout ce qui s'est passé dans les Blue Mountains. Ça fait dix fois que je m'y colle. Il ne s'en lasse pas.

Je ne sais pas pourquoi je lui ai parlé de la lettre de Jennifer, tout à l'heure. Je la lui ai montrée. Il m'a dit que je devais l'ouvrir. Ça commençait par : « *Mon très cher Niazz,* ».

En voyant ça, Wilfrid s'est levé et m'a dit de la lire seul. J'ai hésité. Mais pendant que j'y étais…

« Le temps s'étire sans fin depuis que nous nous sommes quittés.

Tu es là, avec moi, dans chacune de mes pensées. Pourras-tu jamais me pardonner ? J'ai trahi ta confiance. Je comprends ce que tu as pu ressentir. Je n'ai pas d'excuse. »

Il y avait du monde au bar. À côté de moi, un client ivre beuglait sa fureur à l'encontre des Lakers et me bousculait de temps à autre en gesticulant. J'ai déplacé ma chaise et j'ai repris ma lecture.

« Les policiers m'interrogent presque chaque jour. Je leur donne ce qu'ils veulent, puis je retourne dans ma cellule lugubre entre ces quatre murs gris et sales qui sont désormais mon seul horizon. J'ai l'impression que ça ne finira jamais. J'aimerais tant pouvoir y accrocher le tableau qui était derrière le canapé ! C'est peu de chose, mais ça m'apporterait de la lumière. Ça me manque tant ! Je sais que mon appartement a été mis sous scellés et j'ignore si la police te laisserait y pénétrer pour y prendre ce dont j'ai besoin. Si tu penses que oui, je t'en prie, dis-le-moi. Il y a plusieurs choses qui me seraient bien utiles.

Je me demande si nous pourrons accomplir un jour ce rêve qui était si beau, notre maison de campagne, ta peau burinée par le grand air et ma cuisine pleine de soleil. Il y aurait un lac poissonneux au pied des collines et nous… »

L'encre des derniers paragraphes était en train de fondre. Dans l'une de ses envolées lyriques, mon voisin avait renversé la moitié de son verre sur la lettre. Le bleu s'est diffusé en jolis nuages pâles. Le gars s'en est rendu compte et s'est excusé. Je lui ai dit que ça n'avait pas d'importance.

Je suis sorti du bar, j'ai chiffonné le papier trempé et je l'ai jeté par-dessus mon épaule. Puis j'ai demandé l'heure à un passant. J'ai juste le temps d'être au bureau pour le rendez-vous avec le dénommé Alvin.

En remontant Bligh Street, je passe devant un magasin de chapeaux. Dans la vitrine, il y a un modèle exactement identique à celui que j'ai perdu au ThaïMarket. J'entre et je l'essaye. Il a la bonne taille.

Mais ça ne fait pas le même effet qu'avant. Je me demande si je vais me faire repousser la moustache. Je ressors sans rien acheter. Je vais y réfléchir.

Table des matières

**Découvrez les autres ouvrages
de notre catalogue !**

http://www.editions-humanis.com

Luc Deborde
Éditions Humanis
BP 32059 – 98 897 Nouméa
Nouvelle-Calédonie

Mail : luc@editions-humanis.com

www.ingramcontent.com/pod-product-compliance
Lightning Source LLC
Chambersburg PA
CBHW030311160726
47992CB00005B/1967